KB230981

끌리거나 혹은 떨리거나

끌리거나
혹은
떨리거나

박일호 기행 서평집

현자의마을

독서는 앉아서 하는 여행,
여행은 서서 하는 독서

사십대의 끄트머리가 막 시작된 지난 봄, 남루한 일상과 지리멸렬한 삶에 회의가 들기 시작하면서 어중간한 존재로 사는 쓸쓸함과 피로감이 미역줄기처럼 온몸으로 번져갔다. 사실 안락한 정주자가 아니라 자발적 유배자의 삶을 예감한 건 그보다 훨씬 이전부터였다. 남쪽 섬에 동백이 한창이란 소식을 듣고 기차를 타기 위해 서울역으로 가다가 본 연극 포스터의 글귀가 비수처럼 눈을 찌르며 달려들었다. “칼이 두려운 건 싸우지 않기 때문이다.” 여수 오동도에서 빨간 눈물을 흘리던 동백이 갑자기 목을 툭 꺾고 통째로 떨어지는 것을 쳐다보며 긴 휴가를 떠날 때가 되었다는 내 몸의 신호를 받아들이기로 했다. 그래 인도에 가자. 완벽한 지도가 있어야만 떠날 수 있는 건 아니다. 인간은 확신 때문에 움직이는 것이 아니라, 자유 때문에 움직이는 거다. 조르바처럼. 서울에 올라오자마자 회사에 사표를 내고 배낭을 꾸렸다. 꿈은 도망가지 않는데 늘 도망치는 건 자신이었다는 걸 아는 데 오랜 세월이 걸렸다. 나를 기다리는 곳이 거기쯤이 아니라는 것도 잘 알고 있다. 그곳에 가면 답을 구할 수 있을 거라는 기대가 있었던 것도 아니다. '그럼에도' 작정한 일이었다. 다리보다 가슴이 떨릴 때, 서럽고 뜨거운 얼굴을 그곳에 묻고 싶었다.

책이 길동무가 되어 주었다. 불룩해진 배낭에서 옷가지를 빼고 기형도와 장 그르니에, 그리고 후지와라 신야를 채워 넣었다. 가져간 책의 마지막 쪽을 덮을 때쯤엔 그동안 읽었던 책들이 등을 밀어주었다. 그렇게 책은 여행을 북돋우고, 여행은 책을 위무慰撫했다.

떠나기 좋은 계절이다.

지금 배낭을 꾸리고 있거나 신발끈을 동여매고 있는 사람에게 부러운 시선이 가는 건 역시 어쩔 수 없다.

보들레르처럼.

"어디로라도! 어디로라도! 이 세상 바깥이기만 하다면."

차례

1

델리

내가 어쩌자고 인도에 왔단 말인가

살면서 누구나 쉼표를 가져야 한다.
마침표는 여러 개의 쉼표와
물음표, 느낌표를 거쳐 다다르는 곳이다.

델리에서 보낸 인도 너머……

경주마는 달리기 위해 생각을 멈추지만, 야생마는 생각하기 위해 달리기를 멈춘다는 말이 있다. 여행을 하거나 목적지에 가기 위해서 환승이 필요할 때가 있는 것처럼, 인생을 살면서 쉼표를 가져야 할 때가 있다. 삶이란 여러 개의 쉼표와 물음표, 느낌표를 거쳐야만 비로소 마침표에 다다르게 되기 때문이다. 에코 식으로 말하면 그래야 비로소 아득한 영혼의 미로에서 길을 잃게 될 것이고, 그래서 생각지도 못한 새로운 인생과 마주치게 되는 것이다.

삼국지에 나오는 제갈공명만 출사표를 쓰는 건 아니다. 학교가 되었든 회사가 되었든 사회라는 전쟁터에서 모든 사람들은 늘 출사표를 쓰며 산다. 인천공항 출국장에 앉아서 카카오스토리에 글을 남겼다. 일종의 출사표다.

> 허기지고 불안하고 무력했던 현실의 남루한 습관을 뒤로하고 4월 한 달 인도로 여행을 떠납니다. 아이템item이 아닌, 아이 엠i am을 찾아 마음에 근육을 붙여 오려고 합니다. "망설임을 대신하던 눈물들아, 잘 있거라 더 이상 내 것이 아닌 열망들아." 기형도가 동행합니다.

잘 있거라
더 이상 내 것이 아닌 열망들아

《입 속의 검은 잎》
기형도
문학과 지성사
1989

기형도는 1960년에 태어났다. 1985년 동아일보 신춘문예에 시 '안개'가 당선되어 문단에 등장한 이후 독창적이고 강한 개성의 시들을 발표하며 비상한 주목을 받았으나, 서른을 채 맞지 못한 아까운 나이에 세상을 떠났다. 젊은 날 읽었던 그의 시세계는 도저到底한 검은 허무주의 늪을 떠올리며 읽힐 듯하면서도 좀처럼 읽히지 않는 안개 같은 존재였다. "나의 영혼은 검은 페이지가 대부분이다." 끝내 드러나지 않는 그 모호함에 절망하면서도 그의 시를 입에 달고 살았다.

그는 1989년 3월 7일 종로의 한 심야극장 안에서 숨진 채 발견됐다. 사인은 뇌졸증이었다. 만 스물아홉 살 생일을 엿새 앞두고였다. 그의 죽음은 우리 세대에게 '우리들 청춘은 끝났다'는 고지告知이기도 했다. 그러나 죽음이 없다면 인간의 삶은 빛나지 않을 것이다. 불멸의 삶을 누리는 희랍의 신들이 나약한 인간을 질투하는 것도 인간에게 죽음이 있기 때문이 아닌가. 그의 죽음 이후 그를 기리는 수많은 청춘 독자가 생겼으니 지금 기형도는 그리 외롭지 않으리라. 《입 속의 검은 잎》은 그의 처음이자 마지막 시집이 되었다.

2002년에 캐나다 토론토로 출장을 갔을 때 한인韓人이 운영하는 〈종로서적〉이라는 작은 서점을 발견했다. 여러 책들 사이로 《입 속의 검은 잎》이 꽂혀 있는 것이 눈에 띄었다. 또래쯤으로 보이는 주인과 그 무렵 문을 닫은 서울의 종로서적과 기형도에 관해 몇 마디 이야기를 나누었다. 그 자리에서 구입한 《입 속의 검은 잎》 앞 표지에 기념으로 주인이 짤막한 인사를 써 주었던 기억이 난다. 토론토에서 인천으로 오는 기내에서 이 시집을 다 읽었던 기억이 어슴푸레 떠오른다.

아주 오랜 세월이 흐른 뒤에
힘없는 책갈피는 이 종이를 떨어뜨리리
그때 내 마음은 너무나 많은 공장을 세웠으니
어리석게도 그토록 기록할 것이 많았구나
구름 밑을 천천히 쏘다니는 개처럼
지칠 줄 모르고 공중에서 머뭇거렸구나
나 가진 것 탄식밖에 없어
저녁거리마다 물끄러미 청춘을 세워두고
살아온 날들을 신기하게 세어보았으니
그 누구도 나를 두려워하지 않았으니

내 희망의 내용은 질투뿐이었구나
그리하여 나는 우선 여기에 짧은 글을 남겨둔다
나의 생은 미친 듯이 사랑을 찾아 헤매었으나
단 한 번도 스스로를 사랑하지 않았노라

기형도, '질투는 나의 힘', 《입 속의 검은 잎》

'미친 듯이 사랑을 찾아 헤매나' 그 '희망의 내용은 질투뿐'이라니. 거기다 자기조차 '단 한 번도 스스로를 사랑하지 않았노라'는 자조와 탄식 앞에서 저절로 목이 멘다. 다른 쪽을 펼쳐 들었다.

사랑을 잃고 나는 쓰네

잘 있거라, 짧았던 밤들아
창밖을 떠돌던 겨울 안개들아
아무것도 모르던 촛불들아, 잘 있거라
공포를 기다리던 흰 종이들아
망설임을 대신하던 눈물들아
잘 있거라, 더 이상 내 것이 아닌 열망들아

장님처럼 나 이제 더듬거리며 문을 잠그네
가엾은 내 사랑 빈 집에 갇혔네

기형도, '빈 집', 《입 속의 검은 잎》

문학과지성 시인선 80

입 속의 검은 잎

기형도 시집

문학과지성사

"잘 있거라, 더 이상 내 것이 아닌 열망들아."

인천공항을 떠나 인도로 향하는 내 심정이 그랬다.

이 책과 함께 읽으면 좋은 책들

"시 안 읽죠?"

모 출판사가 진행한 글쓰기 강좌의 뒤풀이 자리에서 '가장 정확한 한국어 문장을 구사하는 작가'로 불리는 고종석 선생과 합석할 기회가 있었다. 어떻게 하면 좋은 글을 쓸 수 있느냐는 한 수강자의 질문에 고종석 선생은 이렇게 대답했다. "시 안 읽죠? 시는 언어가 가장 농밀하게 응축된 언어의 결정체입니다. 시 많이 읽으세요. 그리고 영어사전은 끼고 살면서 왜 국어사전은 멀리 하나요. 제발 국어사전도 읽으세요." 집에 돌아와 서재 구석에 꽂혀 있던 시집을 하나 둘씩 꺼내어 읽기 시작했고, 먼지를 뒤집어쓰고 처박혀 있던 국어사전도 매일 한 쪽씩 읽기 시작했다. 가령 2월 22일이면 책상에 앉자마자 222쪽을 죽 훑어보는 식이다.

《백석시집》(백석) : 백석은 '현대시사詩史 최고봉'으로 불린다. 시인 윤동주는 백석의 시집 '사슴'을 필사한 후 옆에 끼고 살다시피 했다. 대표시 '나와 나타샤와 흰 당나귀'에는 "산골로 가는 것은 세상한테 지는 것이 아니다"라는 구절이 나온다. 그러나 북에 남았던 백석은 양강도 삼수군 협동농장으로 하방下放돼 37년을 양치기로 살다가 죽었다. 애석한 일이다.

《늦게 온 소포》(고두현) : "사람이 다 지 아래를 보고 사는 거라 어렵더라도 참고 반다시 몸만 성키 추스르라." 어머니가 서울 사는 시인에게 남해산 유자

아홉 개를 한지더미에 곱게 곱게 포장해서 부친 소포를 시로 옮겼다. 어찌 시인의 어머니 뿐이겠는가. 우리 모두의 어머니 마음이 거기에 담겨 있다. 늦게 도착했지만 빨리 풀어보고 싶은 소포다.

《**정말**》(이정록) : 근데 시가 이렇게 재미있어도 되는 거여. 정말 방바닥을 떼구루루 구르며 읽었다. 원체 세상이 재미없다 보니 시로라도 세상을 웃겨주겠노라고 작정을 했는지 하도 웃다보니 끝내는 눈물까지 찔끔거리게 만든다. 그런데 이 눈물이 짜다. 한동안 어지간히 주위에 이 시집을 선물로 날랐을 정도다. 정말이다.

세상에
섬 아닌 곳이 있으랴

《섬》
장 그르니에
민음사
1997

지리적으로 볼 때 인도는 차라리 섬에 가깝다. 동쪽과 서쪽에는 벵골만과 아라비아해가 있고 남쪽에는 인도양이 있으며 북쪽에는 히말라야라는 대해大海가 가로막고 있다. 홍콩을 거쳐 델리를 향해 날고 있는 인디아 항공 AI317편 기내에서 장 그르니에의 《섬》을 펼쳤다. 몇 번을 읽었는지 밑줄이 수북하다. 누구보다 알베르 까뮈가 사랑했던 책으로 알려져 있다. 《섬》은 여러 사람이 있는 곳이나 너무 환한 곳에서 읽기에는 적당하지 않다. 저녁에 조용한 방안의 등불 아래서 혼자 읽어야 제맛이 나는 책이다. 까뮈 역시 길거리에서 이 책의 처음 몇 줄을 읽다 말고는 가슴에 꼭 껴안은 채 자신의 방으로 한걸음에 달려가 정신없이 읽었다고 회상하고 있다.

내가 처음 《섬》을 만난 게 언제인지는 정확히 모른다. 다만 90년대 후반쯤에 내 방이 아니고 종로5가 광장시장의 어느 순대 국밥집

His Holiness The Dalai Lama
Flowerbulbs indoors
India
del Nord
인도·네팔
100배 즐기기

스스로를 유배한 사람이 울지 않는 것은
그러지 말아야 하기 때문인가,
그럴 줄 모르기 때문인가.

한 귀퉁이에서 이 책을 열어 본 것 같다. 앞 표지에 휘갈겨 쓴 취한 필체의 메모와 그때 것이라 짐작되는 막걸리의 흔적이 그걸 말해준다. 그 뒤로 《섬》은 늘 내 여행의 동반자가 되었다. 그곳이 섬이 아닌 사막이나 도시일 때도 버릇처럼 늘 그 책을 챙겨가곤 했다. 언젠가 실크로드인가 티베트에서 돌아왔을 때는 더 이상 밑줄을 그을 공간이 남아 있지 않았다. 다른 판본의 《섬》이 한 권씩 늘어갔다.

《섬》에는 질긴 철학적 사유와 담백한 문학적 감수성이 보기 좋게 버무려져 있다. 어디를 펼쳐 읽더라도 일상에서 길어 올린 그르니에의 농밀한 시선을 마주하게 된다. 마치 정년을 앞둔 배우가 늙은 고양이를 무릎에 앉히고 목덜미를 쓸면서 뱉어 내는 듯한 느릿느릿한 독백이 들린다. 막이 내리고 한참 동안 배우와 관객 모두 쉽사리 자리를 떠나지 못하는 고요한 긴장이 남아 있다. 그르니에는 태양과 바다와 꽃들이 있는 곳이면 어디나 보로메 섬들이 될 것 같다고 했다. 나는 《섬》을 읽을 때면 바다 위에 접시처럼 떠 있는 섬, 제주의 오름을 떠올리곤 한다. 공연히 가슴 저 아래에서 뭉근하게 무엇인가가 복받칠 때면 막아서는 안개와 바람을 헤치고 뜨뜻한 젖무덤 같은 오름에 얼굴을 파묻고 오래오래 울고 싶었던 시절을 기억한다. 그리고는 생각했다. 스스로를 유배한 사람이 울지 않는 것은 그러지 말아야 하기 때문인가, 그럴 줄 모르기 때문인가.

기내에서 인도 사람들의 움직임이 분주해졌다. 델리가 가까워졌다는 뜻이다. 그들이 긴 잠에서 깨어나 몸을 뒤척이거나 화장실을 가느라 통로를 지날 때마다 뭐라 설명하기 힘든 특유의 향료 냄새가 코를 간지른다. 앞으로 한 달 동안 친숙해져야 할 냄새다. 도착을 알리는 기내 방송이 나온다. 델리 시내가 시야에 들어왔다. 홍콩을 거쳐 9시간 만에 드디어 인도에 온 것이다. 책을 덮고 《섬》에서 내가 가장 좋아하는 그 구절을 가만히 되뇌었다.

> "나는 혼자서, 아무것도 가진 것 없이, 낯선 도시에 도착하는 것을 수없이 꿈꾸어 보았다. 그러면 나는 겸허하게, 아니 남루하게 살 수 있을 것 같았다. 무엇보다 그렇게 되면 '비밀'을 간직할 수 있을 것 같았다."
>
> 장 그르니에, 《섬》

인도India라는 이름은 '인더스 너머, 인더스 동쪽의 땅'에서 나왔다. 인도는 큰 나라다. 국토는 남한의 33배이고 유럽 전체 면적에 맞먹는다. 인도는 복잡한 나라다. 3억 3,000명의 신이 존재하고, 힌디어를 포함해 23개의 공용어가 있다. 19세기에 헤겔은 인도를 가리켜 '경이의 나라, 지혜의 보고'라고 격찬했다. 이렇게 한때 욕망의 근원이던 부와 영혼의 땅은 근대를 지나면서 가난하고 더럽고 비합리적인 제3세계라는 이미지에 갇히게 되었다. 고대 문명의 발원지이면서 현대 문명의 오지라는 이중성을 갖고 있는 나라가 인도다. 그렇다고 인도가 그저 길거리에서 다리를 꼬고 앉아 있거나 뱀 부리는 사람들만 살고 있는 나라라고 생각하면 안 된다. IT 강국의 면모도 가지고 있다. 인도가 중국을 넘어서서 세계 최고의 경제대국으로 자리매김하는 시기를 2040년쯤으로 보고 있는 미래

나는 혼자서, 아무것도 가진 것 없이,
낯선 도시에 도착하는 것을 수없이 꿈꾸어 보았다.

학자도 있다. 세계화로 세상이 다 비슷해진 세상에서 어쩌면 유일하게 다양성을 여전히 유지하고 있는 대륙이 인도일지 모른다. '미사일을 만들어 소가 끄는 달구지에 싣고 가는 나라'라는 말처럼 인도는 양파처럼 까도 까도 그 속을 알 수 없는 나라다. 같은 무대에서 절반은 희극을, 절반은 비극을 공연한다. 어느 쪽을 더 많이 보게 될지는 어느 쪽에 앉아서 바라보느냐에 달려 있다.

공항에 도착하니 4월이라고 하기에는 너무 더운 날씨다. 나른한 공기에 섞인 낯선 냄새가 훅하고 달려든다. 여행자 거리인 빠하르간즈로 향했다. 어느 곳에 막 도착했을 때 그때 맡게 되는 공기의 느낌과 냄새가 결국 그 여행의 기억을 말해 준다. 그러나 맙소사! 델리 시내로 들어갈수록 할 수만 있다면 눈, 귀, 그리고 코까지 몽땅 틀어막고 싶은 심정이다. 인도의 첫인상은 그야말로 혼돈과 무질서 그 자체다. 마치 여행객이 오기를 기다렸다가 일제히 뱉어 내는 듯한 착각이 들 정도로 한꺼번에 쏟아지는 온갖 종류의 소음에 귀가 멍할 지경이다. 거기에 무더운 날씨와 혓바닥처럼 비좁고 더러운 거리에 가득 찬 크레졸 냄새가 매연과 뒤섞여 제대로 눈을 뜰 수가 없다. 달구어진 아스팔트 위를 손님을 태운 오토 릭샤(3륜 차량 형태의 자전거)꾼들이 폐 속 가득 매연을 채우며 곡예를 하듯 질주한다. 좁은 길에 사람 수 만큼이나 많은 개나 소들이 한데 뒤섞여 꿈틀대는 것이 아수라장이 따로 없다. 그 사이를 비집고 걸어야 한다고 생각하니 아찔해진다.

이 책과 함께 읽으면 좋은 책들

"그르니에와 까뮈"

'반항하는 인간' 알베르 카뮈는 '따뜻한 회의주의자' 장 그르니에의 제자다. 젊은 날 까뮈의 정신세계를 만든 사람이 그르니에다. 제자가 스승의 책에 발문을 쓴다는 게 흔한 일은 아닐 것이다. 둘은 스승과 제자의 관계를 뛰어넘어 마침내 영혼의 교감을 나누는, 세상에 둘도 없는 지적 동반자가 되었다.

《카뮈-그르니에 서한집》(알베르 카뮈, 장 그르니에) : 카뮈와 그르니에, 두 빛나는 지성이 평생 동안 주고받은 우정과 사색의 기록이다. 두 작가가 각각 열아홉 살과 서른네 살이었을 때부터 카뮈가 마흔일곱 살에 갑자기 세상을 떠나기 직전까지 주고받은 235통의 서신들을 모아 묶은 책이다. 두 사람이 평생에 걸쳐 나눈 내밀한 대화를 엿보는 것만으로도 가슴이 설렌다.

《카뮈를 추억하며》(장 그르니에) : 그르니에의 시선으로 카뮈라는 한 위대한 영혼의 아주 구체적인 모습을 보여주는 책이다. 그르니에가 이끄는 대로 서두르지 않고 까뮈라는 산책로를 이리저리 따라가다 보면 카뮈의 참 모습과 그의 작품 세계와 조우하는 행운을 만난다. 기형도 시인이 생전에 '짧은 여행'을 떠나면서 꼭 챙겼던 책 중 하나다.

《결혼·여름》(알베르 카뮈) : 카뮈는 20세기 최고의 지성이자, 한국인들이 가장 사랑하는 작가 중 하나다. 그의 전집 중에서 주옥 같은 산문이 실려 있는 책이다. "사람은 그저 몇 가지 익숙한 생각들만을 가지고 살아가는 법. 두세 가지의 생각들을 가지고, 이리저리 떠돌며.이 사람 저 사람을 만나면서 그 생각들을 반들반들해지도록 닦아 지니거나 변모시킨다."

다리로 하는 기도

《걷기예찬》

다비드 르 브르통

현대문학

2002

인간은 약 600만 년 전 최초로 두 발로 일어섰다. 인류의 직립보행은 동물과 차별화된 문명을 일궈 냈으며 지구의 지배자가 될 수 있는 원동력을 제공했다. 다른 유인원들과 달리 두 발로 걷기 시작하면서 손을 사용하게 됐고, 기어 다닐 때보다 20%가량 더 많은 남아도는 에너지를 뇌로 날랐다.

그러나 걷기라는 게 중력에 반해서 몸을 세우고 이동시켜야 하는 것임을 생각해 보면 이처럼 고통스럽고 귀찮은 일도 없을 것이다. 더구나 근육을 쓰지 않고 책상 앞에만 앉아서도 밥벌이를 할 수 있는 게 현대사회다. 그러니 휴일 아침의 과자 부스러기처럼 주어진 시간을 살찐 소파에 엉덩이를 깊숙이 묻고 TV나 영화를 보고 싶은 유혹을 뿌리치기 힘든 게 어쩌면 당연한 일이다.

그러나 원초적으로 인간은 밖에서 활동하는 종種이다. 집안에

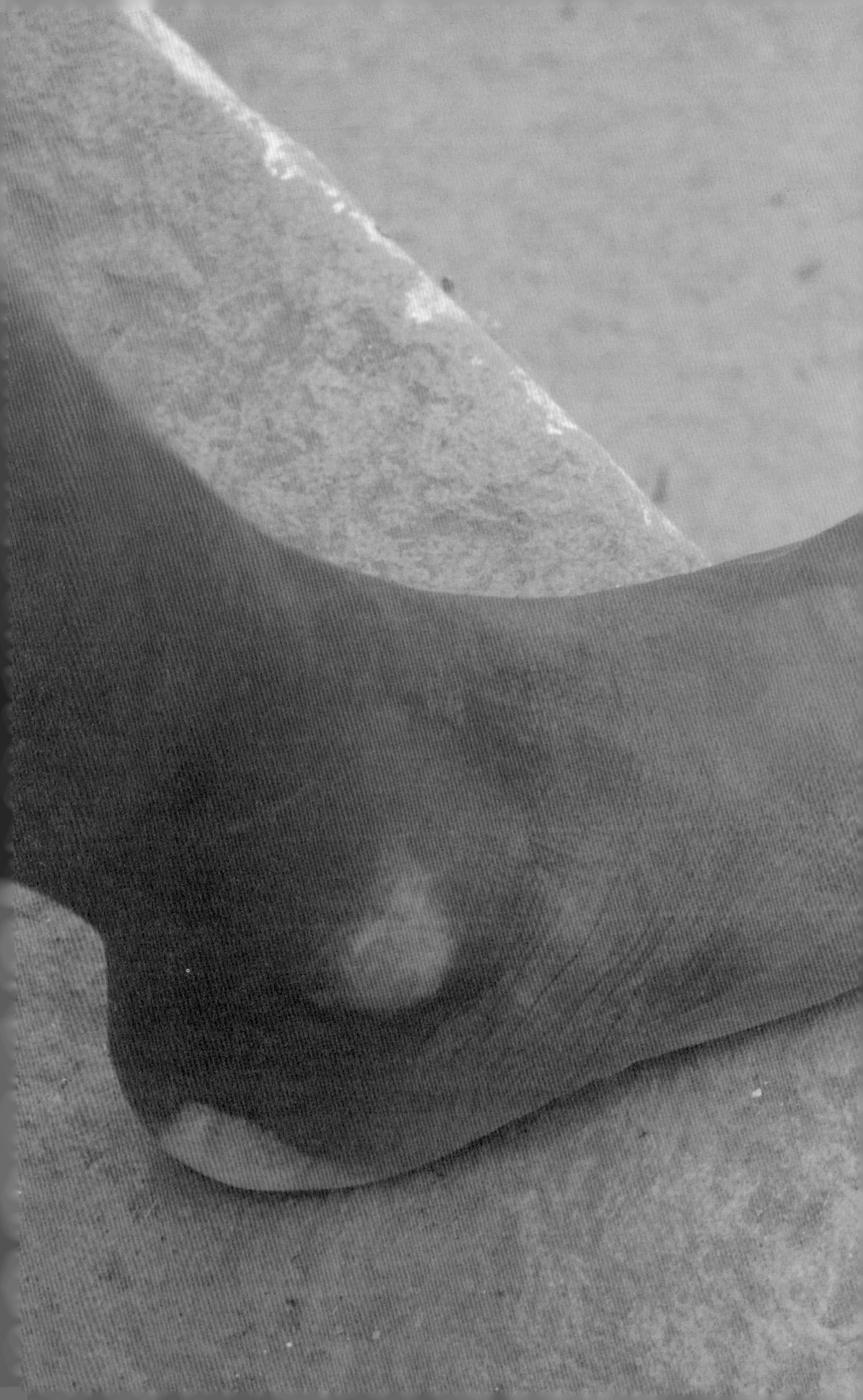

혼자서 걷는 것은
명상, 자연스러움, 소요의 모색이다.

들어앉아 커피를 홀짝거리거나 사무실에서 모니터를 바라보며 e-mail을 쓰도록 만들어지지 않았다. 도시 생활은 편하긴 하지만 그건 인공적인 삶이다. 한번이라도 걷기의 기쁨을 느껴 본 사람이라면 걷는다는 것의 고통과 더불어 그 환희와 쾌락까지도 알게 된다.

오로지 두 발로 800km를 걷는 산티에고 순례길을 '행복한 종합병원'이라고 부르는 이유도 거기에 있다. 초고속 인터넷 붐이 일던 2002년, 몸에 대한 깊은 관심을 바탕으로 걷기에 대한 생명 예찬과 정신의 안식을 담은 책이 잔잔한 화제를 불러일으켰다. 프랑스 사회학자 다비드 르 브르통의 산문집 《걷기예찬》이다.

이 책은 제어장치 없는 속도와 성과경쟁에 지친 현대인들에게 몸의 본래 의미를 찾는 새로운 사유와 성찰을 통해 '걷기'의 바이블이 되었다.

'걷기'만큼 삶의 불안과 고민을 해소하고 정신적으로 평온함을 주는 대체물도 없다고 말한다. 한 걸음씩 내딛는 순간에 느껴지는 몸의 육체적인 감각을 통해서 정신은 더 넓은 세계로 나아간다. '걷는 것은 자신을 세계로 열어놓는 것이다. 발로, 다리로, 몸으로 걸으면서 인간은 자신의 실존에 대한 행복한 감정을 되찾는다'로 시작되고 있는 서두는 걷기에 대한 저자의 철학을 잘 보여주고 있다. 소란한 현대사회에서는 조용히 자기만의 시간을 가지고 길을 나서는 행위가 '저항' 내지는 '모험'에 가까운 것이 되었다.

저자는 '몸'의 중요성과 '걷기'의 즐거움을 강조하기 위해 걷기를 통해 자신의 삶의 지평을 넓힌 사람들을 초대하고 있다. 장 자크

루소, 피에르 상소, 랭보, 패트릭 리 퍼모, 스티븐슨, 그리고 일본 하이쿠의 대가 바쇼 등이 그들이다. 키에르케고르는 "걸으면서 쫓아버릴 수 없을 만큼 무거운 생각이란 하나도 없다"고 말했고, 니체는 "모든 생각은 걷는 자의 발끝에서 나온다"고 했다. 그들과 길동무가 되어 콧노래를 흥얼거리며 길을 걷는 듯 기분좋은 착각을 불러일으키게 만든다. 그러니 걷기를 "세계를 느끼는 관능에의 초대"라고 표현하는 저자에게 넘어갈 만도 하다. 걷기는 조용한 오르가즘이요, 다리로 하는 기도다.

13년 동안 인도 전역을 걸어 다녔던 혁명가적 성자, 비노바 바베는 걷기의 황홀함을 이렇게 말했다. "만약 진리를 추구하고 싶거나, 비폭력에 근거해서 일을 행할 것인지를 성찰하고 싶다면 반드시 걸어야 한다. 걷는 것이 얼마나 황홀한지는 체험해 본 사람만이 알 수 있다. 사색적인 사람에게는 성전을 순례하는 것보다 걷는 편이 훨씬 낫다." 또 루소는 《고백록》에서 "나는 걸을 때만 명상에 잠길 수 있다. 걸음을 멈추면 생각도 멈춘다. 나의 마음은 언제나 나의 다리와 함께 작동한다"고 말했고, 《월든》을 쓴 헨리 데이비드 소로우는 "창작의 영감을 얻기 위해 걷는다"며 자신을 '직업적 산책가'라고 불렀을 정도다. 고백컨대 나도 명함에 표절했다. '직업적 산책가'라는 그 멋진 말을 도저히 훔쳐 오지 않을 수 없었다.

> 혼자서 걷는 것은 명상, 자연스러움, 소요의 모색이다. 옆에 동반자가 있으면 이런 덕목들이 훼손되고, 말을 하지 않을 수 없게 되며, 의사소통의 의무를 지게 된다. 침묵은 혼자 떨어져 있는 보행

나는 걸을 때만
명상에 잠길 수 있다.

걸음을 멈추면
생각도 멈춘다.

자에게 없어서는 안 될 기본적 바탕이다.

다비드 브로통, 《걷기예찬》

그렇더라도 적어도 델리에서만큼은 걷고 싶은 마음이 생기질 않았다. 다비드 르 브르통 역시 인도에서는 크게 걷기의 재미를 못 느낀 모양이다. 인도에서 목격한 기막힌 무질서와 자동차 배기통에서 뿜어내는 매연, 타이어 타는 냄새, 그리고 수많은 쓰레기장에서 솟는 냄새 또한 만만치 않다고 기록하고 있다. 쥐스킨트의 소설 《향수》에 나오는 후각능력의 지존인 주인공 그르누이가 델리에 왔다면 그 역시 코를 막았을지 모른다. 아마도 '아 몽 디유!(Ah mon dieu!, 아 신이시여!)'라고 소리치며 두 팔을 번쩍 들어 올렸을 것이다.

빠하르간즈에 있는 숙소에 짐을 풀고 거리 모습이라도 카메라에 담을 작정으로 게스트하우스를 나서려다 그만 질겁하고 말았다. 얼마나 많은 개들이 숙소 입구 길바닥에 널브러져 있는지, 그 수를 헤아리기조차 힘들다. 인도 개들은 따로 관리하지 않기 때문에 대부분 광견병을 갖고 있다는 것은 상식이다. 그런데 가만히 보니 길거리에 개만 있는 게 아니다. 상점 앞에 누워 세상 모르게 자고 있는 것은 분명 사람이다. 개판도 이런 개판이 또 없다. 아무리 카뮈가 여행을 '두려움의 매혹'이라 했다지만 그 사이를 비집고 발을 옮길 엄두가 나지 않는다. 비겁하지만 출입문 안쪽에서 개사진이나 몇 장 찍고 방으로 쫓겨 왔으니 델리에서의 첫날은 나의 완패다. 플로베르의 소설 《보바리 부인》에서 엠마 보바리가 "내가 어쩌자고 결혼이라는 걸 했단 말인가" 하고 말한 것처럼 "나는 어쩌자고 인도에 왔단 말인가" 하는 한숨이 절로 나왔다. 방에 앉아 델리, 푸쉬카르, 아그라, 카주라호, 바라나시, 콜카타를 지도에서 찾아 색연필로 선을 이었다. 낯선 도시로 시집온 불안한 시골 신부처럼 그렇게 인도에서의 첫날밤을 보냈다.

이 책과 함께 읽으면 좋은 책들

"직업적 산책가인 당신에게"

미국 실리콘밸리 IT기업들 사이에선 걸으면서 회의하는 '워킹 미팅walking meeting'이 유행이다. 한 시간 회의하며 3~4㎞ 정도 걷고, 회의 내용은 휴대전화 메모기능을 활용해 기록한다. 우리나라에도 운도남·운도녀(운동화를 신고 출근하는 도시남녀)라는 신조어가 등장했다. 브르통의 걷기예찬을 듣다 보면 읽던 책을 던져버리고 밖으로 나가 걷고 싶은 충동을 억누를 수 없다. 그럴 때는 그러면 된다. 그러라고 읽는 책이 몇 권 더 있다.

《나는 걷는다》: 저자 베르나르 올리비에가 예순이란 나이에 장장 4년에 걸쳐 1만 2천km를 혼자서 걸었다니 전율이 일며 그저 놀랍기만 하다. 책꽂이에 있는 자기계발서 100권을 걷어내고 이런 책 한 권을 모셔 두는 게 나을 것이다.

《느리게 걷는 즐거움》: '걷기예찬 그 후 10년' 이라는 부제가 붙은 다비드 르브르통의 신작이다. 사람들은 이제 '몸'뿐만이 아니라 '마음'을 잃지 않기 위해서 일부러 걷는다. 브르통은 걷기를 멈추지 않을 모양이다.

《소로우에서 랭보까지 길 위의 문장들》 : 걷기의 정신적 효과를 예찬한 문인 12명의 글이 실려 있다. 소설가 파울로 코엘료는 직장인에서 작가로 전업을 결심한 뒤 프랑스 남부 생장피에드포르에서 스페인 서쪽 끝 산티아고 데 콤포스텔라까지 걷고 첫 소설 《순례자》를 썼다.

2

푸쉬카르

푸른색으로 빛나는 브라마의 도시

푸쉬카르, 방랑하기 좋은 시간들

혼돈과 무질서의 극치인 델리에서의 첫날을 보내고 라자스탄의 아름다운 호반도시 푸쉬카르로 향했다. 라자스탄 주州는 파키스탄과 국경을 맞대고 있는 탓에 아직까지도 분쟁이 끊임없이 이어지는 곳이다. 그러나 푸쉬카르는 조용하고 한적하다. 마을 한가운데 위치한 호수와 푸른색으로 칠을 한 건물들이 인상적인데, 1시간 정도면 구석구석까지 둘러볼 수 있을 정도로 작고 평화로운 마을이다. 숙소로 정한 '그린파크리조트' 2층에서 내려다보니 사방이 꽃천지다. 나도 모르게 카메라 셔터에 자꾸 손이 간다. 인도에서는 무엇을 '찍을까' 보다 어떤 걸 '찍지 말까'가 더 고민이라는 누군가의 말이 떠오른다. 그만큼 찍고 싶은 것이 많다는 뜻이고, 대충 찍어도 색감이 아주 화려하게 나온다는 말로 이해된다. 에어컨 아래서 무료하게 앉아 숙박부를 들여다보고 있는 주인에게 꽃 이름을 물어보니 'lake rose flower'란다. 자세히 살펴보니 꽃 무덤 사이로 언뜻 사람들의 모습이 보인다. 어쩌면 햇빛에 반짝였던 것이 꽃망울이 아니고 땀방울이었는지 모른다. 꽃 속에서도 누군가는 여전히 노동을 하고 있다.

들판으로 나갔다. 꽃들은 향기로웠고 바람은 신선했다. 염소 떼를 몰고 나온 대부분의 목동들은 휴대폰으로 인터넷게임을 하거나 다운로드한 음악을 듣는데 열중하느라 염소 떼를 돌보는 일에는 별 관심이 없다. 늙은 목부牧夫 혼자만 분주하다. 염소들이 너무 멀리 달아나는 것은 아닌지 공연히 애가 탄다.

"염소들이 저렇게 흩어지고 있는데 괜찮아? 안 쫓아가도 돼?"

여전히 휴대폰에 코를 박은 목동이 답한다.

"No Problem! 저들이 가는 방향이 내가 가려던 쪽이었어요."

만인을 위한 그러나
그 어느 누구를 위한 것도 아닌 책

《차라투스트라는 이렇게 말했다》
프리드리히 니체
민음사
2004

저녁에는 들판을 가로질러 사막으로 가는 낙타 사파리에 합류했다. 아라비아의 로렌스처럼 폼을 잡고 낙타 등에 올라탔지만 낙타가 걸음을 길게 옮길 때마다 엉덩이 끝에 미세한 통증이 전해오는 게 영 불편하다. 야영 준비를 하면서 석양이 지는 사막을 물끄러미 바라보았다. 둥글게 모여 목청을 길게 뽑고 서글프게 우는 낙타의 울음소리가 텅 빈 대지의 정적을 잠깐 흔들어 놓는다. 낙타의 공허한 눈동자를 오랫동안 들여다보았다.

낙타는 공경심과 인내력이 강한 동물이다. 거기다 예의 바르고 착하기까지 하다. 여행객들의 그 많은 짐을 짊어지고 한마디 불평도 없이 사막을 묵묵히 걷는다. 주인이 보내는 사소한 신호나 작은 명령에 한 치의 어긋남도 없이 가다 서다를 반복하며, 쉴 때는 또 얼마나 순종적인 모습으로 무릎을 꿇는지 모른다. 부정을 모르는

인내심 많은 정신은 이 모든 무겁기 그지없는
짐을 짊어지고 그의 사막을 달려간다.
가득 짐을 실은 채 사막을 달리는 낙타처럼.

동물, 그래서 어떤 명령에도 '예'라고 복종하지만 정작 자신의 삶에 대해서는 '아니오'라고 말하고 있는지 모른다. 그야말로 자기 삶을 사막으로 만드는 공허한 인내의 몸짓을 보여준다. 니체가 《차라투스트라는 이렇게 말했다》에서 낙타를 조롱한 이유가 거기에 있다.

> 나는 그대들에게 정신의 세 가지 변화에 대해 말하고자 한다. 어떻게 하여 정신이 낙타가 되고, 낙타는 사자가 되며, 사자는 마침내 아이가 되는가를. (중략) 인내심 많은 정신은 이 모든 무겁기 그지없는 짐을 짊어지고 그의 사막을 달려간다. 가득 짐을 실은 채 사막을 달리는 낙타처럼.
>
> 프리드리히 니체, 《차라투스트라는 이렇게 말했다》

우리는 살면서 주위에 많은 낙타들을 본다. 또 우리들 중 몇몇은 분명 낙타이다. 자기 스스로가 삶을 '견뎌야 할' 고통으로 만들어 놓고 '삶이란 고된 것이다'라는 말을 진리처럼 되뇌인다.

프리드리히 니체는 프로이트나 마르크스 등과 함께 현대철학에 큰 그림자를 드리우고 있다. 니체는 그중에서도 가장 충격적인 인물로 꼽히며 철학자의 역할을 벗어던진 반反 철학자로 알려져 있다. 그는 이성에 바탕을 둔 서양의 모든 가치체계를 전복하고 신의 죽음을 선언한 뒤 니힐리즘, 초인, 영원회귀 등을 바탕으로 하는 새로운 형이상학의 성채를 쌓았다. 그가 살았던 19세기에 신을 부정한다는 것은 자살행위와 다를 바 없었다. 그는 기원전 시대의 그리스인들의 명랑성을 획득하기 위하여 자신의 사상을 체계적으로 전개시키는 대신 경구, 미래 예언, 서정시의 형상 속에 자신의 언어를 쏟아 부었다. 니체는 영원불멸의 세계관이 인간으로 하여금 다른 무엇과도 바꿀 수 없는 소중한 삶을 부정하게 만드는 주범이라고 파악했다. 그는 고통과 죽음을 포함하여, 필연적으로 발생하는 모든 운명을 자유롭게 긍정함으로써 도덕의 몰락과 새로운 세계의 시작을 예언했다.

니체의 주저는 역시 《차라투스트라는 이렇게 말했다》일 것이다. 이 책은 현대철학과 현대문화 전반에 가장 큰 영향력을 행사하며, 20세기를 연 책이라고 해도 과언이 아니다. 니체는 고대 페르시아의 예언자이며 조로아스터교 창시자인 차라투스트라의 입을 빌려 인류에게 자신의 영감이 담긴 최고의 선물을 전한다. 우리의 삶에 애당초 비극은 존재하지 않았고, 그것은 단지 행복을 두려워하는 사람들이 가진 편견이었다고 말한다. 가볍지만 단단한 그의 언어는 '긍정과 축복'을 통하여 웃고 춤추는 법을 알려준다. 인생의 어느 지점에서 강력한 감전을 원하는 사람이라면 이 책을 피해갈 수 없을 것이다. 그러나 아포리즘과 드라마가 결합된 일종의 산문시에 가까운 이 난삽한 책을 제대로 읽어낸 독자가 과연 얼마나 될까? 이 책은 니체 철학의 입문서도 아니요, 결코 한번에 읽히는 책이 아니다. 만약 한번에 읽혔다면 오독했을 가능성이 거의 100%이다. 그런 책이라면 니체의 책이 아닐 것이다. 니체는 이 책을 '모든 이를 위한, 그러나 그 누구의 것도 아닌 책'이라고 말했다. 이 책의 초판은 단 40부만 판매되었을 뿐이다. 400부 또는 4,000부가 아니고 40부다. 니체의 말처럼 어떤 사람은 죽어서야 태어난다. 나

니체의 말처럼
어떤 사람은 죽어서야 태어난다.

는 매년 새해 아침에는 이 책의 머리말을 새로 읽곤 한다.

> 그대들에게 초인超人을 가르치려 하노라. 인간은 극복되어야 할 그 무엇이다. 그대들은 자신을 극복하기 위해 무엇을 했는가?
> 인간은 짐승과 초인 사이에 놓인 밧줄이다. 심연 위에 걸쳐진 밧줄이다.
> 나는 사랑한다. 상처를 입어도 그 영혼의 깊이를 잃지 않으며 작은 체험만으로도 멸망할 수 있는 자를.
>
> 프리드리히 니체, 《차라투스트라는 이렇게 말했다》

푸쉬카르는 푸른색이 빛나는 브라마의 도시다. 브라마는 힌두의 창조신이다. 80%가 넘는 인도인들이 믿는 힌두교의 신은 무려 4억 8천만에 이른다고 하니 그들의 이름을 다 알기란 불가능하다. 주요 3대 신과 그들의 반려신(와이프 신)만 알아도 인도를 여행하는데 도움이 된다.

브라마 모든 존재의 근원에 있는 창조신이자 생식, 번영의 신
(반려신 : 사비뜨리)

비슈누 창조된 세계를 유지, 보존, 보호하는 유지신
(반려신 : 라크슈미)

시바 우주의 소멸을 관장하는 파괴신
(반려신 : 파르바티)

창조의 신인 브라마의 사원이 인도 내 유일하게 이곳 푸쉬카르에만 있다는 것이 이상했다. 알고보니 사연이 있었다. 전설에 따르면 브라마가 개최한 희생제에 부인인 사비뜨리가 지각을 하고 말았다. 이 일로 신과 사제들에게 망신을 당한 브라마는 홧김에 마침 그 옆을 지나가던 우유 짜던 소녀인 가야뜨리를 그 자리에서 두 번째 부인으로 맞이해 행사를 치러버린다. 뒤늦게 이를 안 사비뜨리가 불같이 노한 것은 당연한 일. 화가 난 사비뜨리는 남편 브라마에게 엄청난 저주를 내린다. 세상을 창조했음에도 불구하고 브라마의 사원은 전 세계에 푸쉬카르 딱 하나일 거라는 저주가 그것이다. 인도를 여행하면서 3대 신 명성에도 불구하고 브라마 사원이 눈에 띄지 않는 건 이 때문이다. 그러자 이에 질세라 브라마는 그 자리에서 가야뜨리를 여신으로 승격시켰다. 결국 득을 본 사람은 가야뜨리 뿐이고 나머지 두 신은 서로 자기 얼굴에 먹칠을 한 꼴이 되었다. 재미있는 것은 앙숙일 수밖에 없는 사비뜨리와 가야뜨리 두 여신이 모셔진 사원의 위치가 공교롭게도 브라마 사원이 내려다보이는 언덕에 마주 앉아 서로를 노려보고 있는 형국이라는 것이다. 헐! 희랍신화의 신들과 치정癡情면에서는 어쩌면 그리도 닮았는지.

자이뿌르 가트에 앉으면 바로 정면 언덕배기에 사비뜨리를 모신 사원이 보인다. 사원 위에서 바라보는 푸쉬카르 시내와 호수의 풍광이 그만하다길래 올라가 보기로 했다. 보는 것과 달리 계단길이 만만치 않다. 산 중턱에서 새하얀 쿠르타(기장이 길고 칼라가 없는 인도셔츠) 복장에 귤색 터번을 두른 한 무리의 인도인들을 만났다. 대

शिव कुमार निषाद (शिवराज)
जिलाध्यक्ष
राजेन्द्र
यादव
सी० से- अखिल भारतीय एकलव्य निषाद बिन्द कश्यप महासभा

뜸 길을 가로막고 누런 이를 내보이며 어디서 왔느냐고 묻는다. 코리아라고 대답했더니 사우스인지 노스인지를 묻더니 이번엔 어깨에 맨 디지털 카메라에 관심을 보이며 이것저것 질문을 쏟아낸다. 아무래도 사진을 찍고 싶어하는 눈치길래 사진을 찍어 주겠다고 했더니 기다렸다는 듯이 포즈를 취한다. 물어보니 부자, 친척, 이웃 사람들이 함께 어디를 가는 중이란다. 막 혁명을 위해 떠나는 전사들처럼 나란히 서서 포즈를 취하는 그들의 굳건한 어깨 위로 4월의 따사로운 햇살이 눈부시게 내려와 박힌다. 찍힌 사진을 보여주니 흡족한 표정으로 고맙다는 뜻의 힌두어인 '단야밧! 단야밧!'을 외친다.

라자스탄 주는 파키스탄과 국경을 맞대고 있는 탓에 언제 또 그들 손에 무기가 쥐어질지 모르는 곳이다. 산길을 내려가는 그들의 둥근 어깨를 바라보며 헤로도토스의 《역사》에 나오는 한 구절을 떠올렸다. "평화로울 때는 아들이 아버지를 묻어주고, 전쟁이 일어나면 아버지가 아들을 묻어준다."

그러고 보니 오늘이 인도에서 맞는 사흘째 밤이다. 인도에서 사흘을 못 버티면 바로 집으로 가고, 사흘을 버티면 3년을 내리 눌러앉을 수 있다는 말이 빈말이 아닌 듯하다. 서울에 두고 온 것들이 그리워졌다.

이 책과 함께 읽으면 좋은 책들

"니체 텍스트"

"내가 누구인지를 알아차리기는 어려울 것이다. 나의 출현은 아직 그 때가 오지 않았다." 니체가 우리나라에 소개된 지 거의 백년이 다 돼 가지만, 우리에게 여전히 니체는 어렵고 오독誤讀하기 쉬운 텍스트다. 자칫 '쉽고 빠른' 길로 들어섰다가는 '제대로 오해'하고 돌아 나오기 일쑤다. 그러나 살면서 니체를 비껴 갈 수는 없다. 어차피 한 번은 만나야 될 책이다. 다행히 먼저 읽은 눈 밝은 사람들이 딱딱한 니체를 경쾌하고 말랑말랑하게 마사지해 준 책이 있다. 고병권의 《니체의 위험한 책, 차라투스트라는 이렇게 말했다》가 그 중 하나다. 고전을 지금, 새로 고쳐 썼다. 니체를 처음 접하는 사람들에게 맞춤한 책이다. 저자는 최근 펴낸 다른 책에서 어떤 책이 미래의 책이 될 수 없다면 최소한 현재의 책은 되어야 한다는 비슷한 각오를 이렇게 표현했다. "나는 책의 내용을 요약해서 전달하는 것에 교사의 소명이 있다고 생각하지 않는다. 요약하고 전달한다면 그것은 축소이고 왜곡일 것이다. 단도직입적으로 말하면 책을 읽어주고 권유하면서 자유를 전하고, 용기를 전하고, 기쁨을 전하고, 감동을 전하는 것이다. 책에다 그런 걸 얹는 것이다. 책을 어떻게 읽었는지 전하지 않은 채 책을 권유한다면 우리는 매장의 점원과 크게 다르지 않게 행동하는 것이다." 그러나 언젠가는 반드시 원전으로 만나야 한다. 모든 고전이 다 그렇지만 입문용의 책들을 심오한 원전의 세계를 가로막는 방패로 쓰지 말고 그것들을 꿰뚫는 창으로 써야 한다.

나는 걸었다 세계는 좋았다

《인도방랑》

후지와라 신야

작가정신

2009

일본의 사진가이자 여행가인 후지와라 신야는 여행 꽤나 하는 사람들한테는 전설로 통하는 인물이다. 나도 몇 해 전에 열흘 가까이 티베트로 여행을 가면서 그의 《티베트방랑》을 처음 읽었다. 1969년 당시, 그는 스물다섯의 미대생이었다. 무작정 인도로 떠났다가 3년 동안 여행을 하고 돌아와 쓴 처녀작인 《인도방랑》은 1972년 출간되자마자 일본 사회에 커다란 반향을 불러일으켰다. "그의 글을 읽고 3일 만에 회사를 그만두고 인도로 떠났다"는 고백이 한동안 사람들 사이에서 회자됐다. 지금도 그 책은 여행기의 백미이자 인도 여행기의 지존으로 사람들 입에 오르내리고 있다.

많은 사람들이 이 책을 읽고 인도로 떠났고, 여행자들은 그의 책을 '위험한 책'이라고 불러왔다. 40년 전 기록이지만 그의 사진과 글이 촉발하는 울림은 여전히 위험하다. 그는 그 뒤로 10년 간 여행하며 《티베트방랑》, 《소요유기》, 《동양기행》 등의 책을 써냈다. 1977년 '기무라 이에헤 사진상'을 받으며 사진작가로 인정을 받았고, 1982년에는 '마이니치 예술상'을 받았다. 그의 여행기를 처음 접하는 사람들은 먼저 그의 사진들이 풍기는 그로테스크한 이상한 기운에 압도당한다.

시체를 감싼 하얀 천 끄트머리에 비죽하게 나와 있는 뼈만 남은 앙상한 발과 그 뒤에 서 있는 아들인 듯 보이는 청년의 모습, 어둑한 갠지스 강 수면 위에서 인간의 갈비뼈에 얼마 남지 않은 살점을 뜯어먹고 있는 까마귀, 숯덩이가 된 사람의 뼈를 정신없이 오독오독 씹고 있는 개들…….

그가 갠지스 강가 화장터에서 찍은 사진들은 인간이 자연으로 돌아가는 과정을 너무도 리얼하게 담고 있고, 인도인의 일상과 풍경을 날것으로 찍어 낸 사진들에서도 정체를 알 수 없는 기묘한 열기가 감지된다. 그런데 신야는 사진을 배우기는커녕 찍어 본 적도 없었다고 한다. 인도로 떠나기 전, 그의 형에게 "여기를 누르면 사진이 찍힌다"는 설명을 들은 게 전부다.

> 세계는 좋았다.
> 대지와 바람은 거칠었다.
> 꽃과 나비는 아름다웠다.
>
> 후지와라 신야, 《인도방랑》

《인도방랑》은 '무조건 떠나라'라고 등을 떠미는 책이 아니고, 인

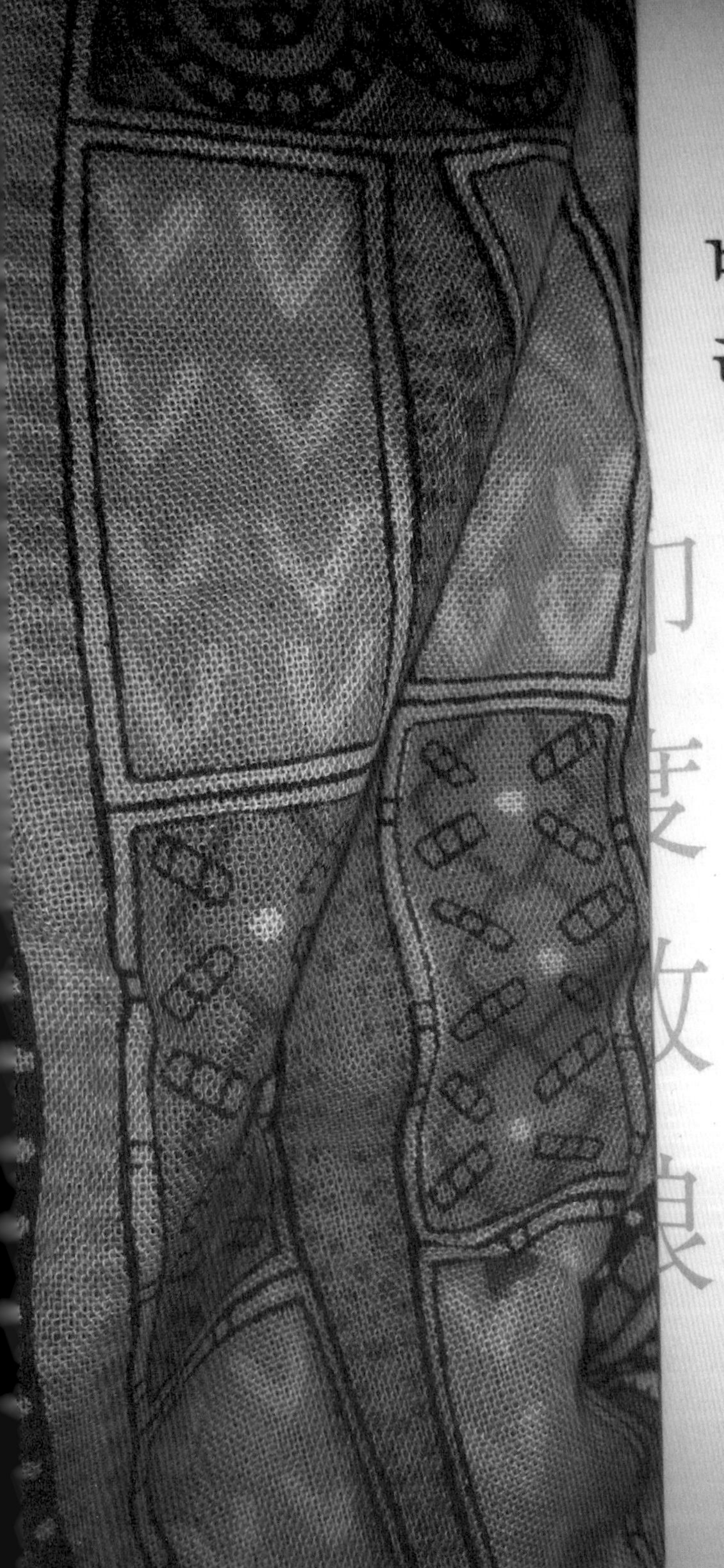

인도 방랑

印度放浪

글/사진 후지와라 신야
이윤정 옮김

BAR
R.L-34'120

도에 가면 모든 해답을 구할 수 있다고 환상을 불어넣는 책도 아니다. 인도 열풍을 주도한 장본인임에도 불구하고 후지와라 신야는 인도나 티베트의 신비를 팔아먹는 것은 일종의 사기라며 사람들이 유포하는 '명상'이니 '신비'니 하는 것들을 단호하게 비판한다. 그에게 여행은 무언의 바이블이었다. 신야는 걸을 때마다 자신과 자신이 배워 온 세계의 허위가 보인다고 썼다.

인도에서 《인도방랑》을 다시 읽으며 '깨달음' 말고 '꽤 다름'만이라도 절실히 몸에 새기고 싶다는 생각이 들었다.

간이식당에서 바이크로 일 년째 인도를 여행 중이라는 '메기'라는 이름의 이스라엘 여자와 마주쳤다. 엄지를 추켜세우며 '여자 체게바라'라고 했더니 큰 웃음으로 답한다. 다음 여행지는 어디냐고 물었더니 아직 모르겠단다. 의자를 바짝 붙이며 기회가 되면 서울에 한번 오는 건 어떠냐며 수작을 거는데 어느새 꽁지머리를 한 그녀의 보이 프렌드가 나타나 순식간에 그녀를 채가고 만다. 닭 쫓던 개 바이크 꽁무니만 쳐다보았다. 카운터에 앉아 처음부터 보고 있던 인도 총각이 고소하다는 듯 실실 웃는다. 다시 방랑이다.

이 책과 함께 읽으면 좋은 책들

"중독성 강한 후지와라 신야의 책"

여행을 촉발觸發시키는 남자 후지와라 신야가 마흔 살 이후 후쿠시마 원전

사태 등에 대한 대對 사회적 발언을 쏟아내며 행동하는 '어른'으로 변신했다. 냉철한 현실주의자이며 가슴 따뜻한 휴머니스트로 일본 젊은이들의 구루로 인정받는 그가 최근에는 '독설毒舌의 저널리스트'로 명성을 얻고 있다. 여행기에서 에세이에 이르기까지 그의 책은 시시하지 않게 팔리는 모습을 끊임없이 보여주며 여전히 강력한 중독성으로 우리를 잡아끈다.

《동양기행1, 2》 : 후지와라 신야의 동양여행기 3부작 《인도방랑》, 《티베트방랑》, 《동양기행》 중 최고의 결정판으로 꼽히는 작품으로, 동양의 저 어둡고 초라한 도시를 떠돈 한 영혼의 여행기다. 30여 년 전에 나온 여행서가 여전히 사람들 가슴 속을 파고드는 이유를 몇 장만 넘겨보면 금방 알게 된다. 이스탄불에서 시작해 시리아, 파키스탄, 캘커타, 티베트, 미얀마, 태국, 상하이, 홍콩의 모습이 담겨 있다. 서울도 나온다.

《황천의 개》 : 《인도방랑》의 완결편이다. 설명이 불가능한 땅, 맨몸의 리얼리티한 인도를 만날 수 있는 책이다. 인도 갠지스 강의 화장터에서 시체를 불태우는 사람들, 그리고 화장터 주변을 배회하는 들개들이 불탄 시체를 뜯어 먹는 장면을 그대로 투사하면서 저자는 삶과 죽음이 자연스럽게 공존하는 날것 그대로의 인도를 펼쳐보인다.

《겪어야 진짜》 : 2011년 봄, 일본은 '쓰나미'와 '방사능 누출'로 만신창이가 되었다. 국민 모두가 절망에 빠져 허우적대고 있을 때, 그는 방독 마스크를 쓰고 현장에 달려가 글을 쓰고 사진을 찍으며 사람들과 상처를 고스란히 함께 나눴다. 20대 청춘에서부터 인생의 한가운데서 갈팡질팡하는 중년에 이르기까지 인생의 한 지점에서 뒤를 돌아보며 읽기에 맞춤한 책이다.

3

아그라

영광과 퇴락의 두 얼굴

아그라, 소설과 신화의 되새김

밤 버스는 기차보다 더 피곤하다. 좌석은 이미 2층까지 다 찼는데도 운전사는 꾸역꾸역 사람들을 계속 태운다. 운전석 옆 엔진통 위에까지 사람을 앉히고서 그제야 출발한다. 통로에 휴지처럼 구겨져 어깨를 부딪치면서도 사람들은 불평 한마디 없이 꿈틀거리며 흔들려 간다. 새벽이 되자 버스 안에 냉기가 돈다. 출발 전, 배낭에서 침낭을 꺼냈어야 하는데 이미 늦었다. 배낭은 어디 처박혀 있는지 알 길이 없다. 윗옷을 최대한 목까지 끌어당기고 몸을 새우처럼 구부려보지만 아슬아슬 한기가 온몸을 파고든다.

아그라에 간 것은 다른 사람들처럼 순전히 타지마할을 보기 위해서였다. 타지마할은 궁전이 아니라 무굴제국 제5대 황제였던 샤자한의 왕비인 뭄 타지마할의 거대한 무덤이다. 사진으로만 보던 순백색의 대리석으로 빛나는 타지마할을 보는 순간 그 장엄함과 눈부심에 압도당해 호흡이 멈추는 듯했다. 사랑이 빚은 불후의 금자탑 또는 꿈의 궁전이라는 표현 그대로다.

샤자한은 지독히 사랑했던 그의 아내가 출산 도중 세상을 떠나자, 머리가 하얗게 셀 정도로 충격을 받았다고 한다. 죽은 왕비를 잊지 못했던 황제는 역사상 유례가 없는 화려한 무덤을 지어 그녀에게 바치기로 결심한다. 공사기간만 22년, 총 공사비만 요즘 환율로 계산하면 약 720억 원, 여기에 연간 20만 명의 인원과 1,000마리의 코끼리가 공사에 동원되었다. 거기다 타지마할을 지은 석공

들이 더 이상 이보다 아름다운 건축물을 짓지 못하도록 그들을 모두 죽였다는 얘기도 전해진다. 그러나 샤자한은 권력에 눈먼 그의 아들에 의해 타지마할을 지척에 둔 무삼만 버즈라는 작은 성에 유폐되어 타지마할을 바라보며 여생을 지내야 했다. 결국 그곳에서 쓸쓸하게 눈을 감은 뒤에야 그토록 사랑하던 왕비 곁으로 갈 수 있었다.

아름다운 것은 빨리 지나가기 마련이다. 사랑도 마찬가지다. 첫눈에 반하는 사랑은 그래서 위험하다. 샤자한은 14살 왕자시절에 시장에서 우연히 뭄 타지마할을 보고 첫눈에 반해 그녀를 왕비로 맞은 후 전쟁터에도 데리고 다닐 정도로 한시도 그녀 곁을 떠나지 않았다. 너무 빨리, 너무 쉽게 사랑에 빠지는 자는 그만큼 아프다. "열일곱 살에 나는 그녀를 위해 죽을 수도 있었어. 하지만 스무 살이 되자 이름도 기억나지 않더군." (영화 〈그랑블루〉 중) 사랑이란 그런 것이다. 석양이 질 무렵 무삼만 버즈에서 바라보는 타지마할은 쓸쓸하기 짝이 없다. 호기심과 경탄을 팝콘처럼 터뜨리던 관광객도 어느 샌가 사라지고, 낮부터 화단에 연신 물을 길어 나르던 늙은 관리인도 집으로 돌아가려는지 작업복에 묻은 먼지를 툭툭 털어내고 있다.

여행은 어쩌면 확인하고, 감탄하기 위해 가는 것인지도 모른다. 그런데 가끔은 그 결과가 실망스러울 때도 있다. 내겐 타지마할이 그랬다. 건축물의 아름다움에 반한 기쁨과 영원한 사랑에 대한 동경을 안고 돌아설 줄 알았는데, 그만 거기서 인간의 욕망과 광기를 읽은 것이다. 샤자한이 꿈꾸었던 불멸의 사랑 역시 고대 중국의 황제가 불멸의 삶을 구하고자 동쪽으로 사람을 보냈던 일과 크게 다르지 않다. 그런데 대체 불멸의 사랑이라는 것이 있기는 한 건가. 어쩌면 사랑의 본질은 '덧없음'이나 '유한함'인지 모른다. 에리히 프롬은 《사랑의 기술》에서 "사랑처럼 엄청난 희망과 기대 속에서 시작됐다가 반드시 실패로 끝나고 마는 활동이나 사업은 찾아보기 어려울 것"이라고 했다. 우리가 사랑을 선택하는 게 아니라 사랑이 우리를 선택하는 것일지도 모른다. 사랑은 시간을 흐르게 하고 시간은 사랑을 가게 한다. 우리는 각자의 운명 앞에 놓인 그림자를 사랑할 뿐이다. 어깨를 빌려주고 옆구리를 내주는 사소한 사랑의 방식에도 힘겨워하는 일상의 시선으로는 타지마할처럼 비현실적인 풍광도 없다.

대중문화의 퍼스트레이디라고 불리는 미국의 에세이스트이자 예술평론가였던 수전 손택은 가우디의 사그라다 파밀리아 성당도 나쁜 것 또는 조잡한 것을 뜻하는 키치의 의미를 담아 '캠프'라고 했다. 한 사람의 터무니없는 야망으로 만들어진 '무절제의 탐미주의' 작품이라는 이유에서다. 너무나 완벽한 균형미를 뽐내며 견고하게 서 있는 타지마할 역시 풍광은 '화보'인데 그 앞에 서 있는 사람들은 어쩐지 '바보' 같다는 생각이 들게 만든다. 사랑이 아닌 집착이라고 정의하고 여행자는 발길을 돌렸다.

상실의 신이 찾아왔다

《작은 것들의 신》
아룬다티 로이
문이당
1997

몇 해 전에 함께 티베트를 여행했던 지인에게 인도를 간다고 하니 대뜸 사주四柱부터 묻는다. 내 사주를 들여다보더니 '역마살驛馬煞'을 가리키는 '사巳와 인寅'이 있어서 그런 모양이라며 혀를 끌끌 찬다. 그러면서 아룬다티 로이의 소설《작은 것들의 신》을 추천했다. 인도로 출발하기 전 기대 반 설렘 반으로 책장을 넘겼다.

아룬다티 로이는 1961년 인도 남단에 위치한 케랄라 주의 아예메넘에서 태어났다. 30대 중반의 나이에 첫 출간한 이 소설로 노벨문학상, 콩코르상과 함께 3대 문학상에 속하는 부커상을 받으며 국제적 명성과 부를 얻게 된다. 로이의 고향으로, 소설의 배경이 되는 케랄라 주州는 기독교, 힌두교 등 여러 종교와 공산주의가 공존하면서 종교적 갈등과 정치적 혼란이 심했던 곳이다. 소설은 공산주의와 낙살라이(인도 극좌정당) 당원들의 폭동이 확산되어 두려움이 고조되는 2주 동안 일어난 일을 그리고 있다. 생각을 공유하고 꿈을 같이 꾸고 말을 거꾸로 하는 이상한 이란성 쌍둥이, 에스타와 라헬의 경험을 주축으로 이루어질 수 없는 사랑의 이야기가 펼쳐진다. 그 바탕에는 여전히 인도 사회를 옥죄는 카스트의 질곡과 가부장제의 횡포가 깔려 있다. 인위적으로 정해진 신분제도하에서 누구를 어떻게 얼마나 많이 사랑해야 하는지는 개인의 자유에 속하지 않는다. 개인의 감정을 앞세워 대책 없고 희망조차 없는 사랑을 우기게 되는 순간 무서운 비극이 기다리고 있는 것이다.

인도는 국가state보다 사회society가 강한 나라다. 법이나 제도보다 종교와 관습의 영향력이 더 크고, 카스트라는 모진 인습의 굴레가 여전히 남아 있다. 인도인들은 카스트를 자연적 질서의 부분으로 생각한다. 인간의 힘에 의해 바꿀 수 없고 다양한 종의 삶의 질서를 지배하는 법처럼 자연스럽고 신성한 것으로 간주한다. 그중에서도 대표적인 것이 '불가촉천민不可觸賤民'이라고 불리는 달리트Dalit에 대한 차별이다. 1949년에 불가촉천민에 대한 차별을 완전 금지하는 헌법을 공포했지만 현실은 어림없다. 닿는 것조차, 같이 숨 쉬는 것조차 금지된 삶을 산다. 불가촉천민에 대한 역사적 배경은 유구하다. 힌두 경전 가운데 하나인 《마누법전》은 불가촉천민이 "베다를 들으면 귀에 납물을 부을 것이요, 베다를 암송하면 그 혀를 자를 것이며, 베다를 기억하면 몸뚱이를 둘로 가를 것이다"라고 명시해 놓고 있다. 베다Veda는 고대 인도의 브라만교 성전聖典을 총칭하는 말이다.

> 그 시절에 파라반들은 다른 불가촉천민들과 마찬가지로 가촉민들이 다니는 길을 걸을 수도 없었고 상체를 가릴 수도 없었고 우산을 쓸 수도 없었다. 그리고 말을 할 때는 그들의 더러운 입김이 상대방에게로 향하지 않도록 손으로 입을 가려야 했다.
>
> 아룬다티 로이, 《작은 것들의 신》

《작은 것들의 신》은 흡인력 있는 스토리 전개와 언어의 묘미에 빠져 시간 가는 줄 모르고 읽는 것은 물론이지만, 무엇보다 아름답고 황홀한 묘사와 놀라운 비유에 먼저 넋을 빼앗긴다. 특히 결코 이루어 질 수 없는 주인공 남녀의 아름다운 자줏빛 성애 장면으로 채워져 있는 마지막 장면(405~412쪽)이 압권이다. 회색빛 구름이 짙게 드리운 흐린 날씨에 공원 구석자리 벤치에 앉아서 가끔 구름을 뚫고 나오는 햇살과 눈 마주치며 낮은 한숨과 함께 읽기에 적격인 소설이다. 그럴 때면 사람은 때로 혼자 울 줄 아는 짐승이고, 세상은 슬픔을 감추고 사는 곳이라는 말에 기꺼이 동의하게 될 것이다. 마지막 책장을 덮으며 내게 작은 것들의 신이 찾아온다면 그건 상실의 신일 거라는 예감과 함께, 여행코스를 남인도로 바꾸고 싶다는 생각이 살짝 들었다.

로이는 소설가로 앞길이 트여 있음에도 불구하고 인도로 돌아가 인권·환경·반핵·반세계 운동에 매진하면서 그 서늘한 펜촉을 정치 에세이를 쓰는 쪽으로 선회했다. 아름답고 매혹적인 로이의 문체를 소설로 읽기는 당분간 어려울 것 같다. 스무 권이 넘는 그녀의 책 가운데 소설은 단 한 편이고 나머지가 모두 에세이다. 인도

Hotel
Cordial

의 가짜 민주주의를 폭로하며 인도의 민낯을 보여주는 르포르타주인 최근작 《아룬다티 로이 우리가 모르는 인도 그리고 세계》도 그 중 하나다. 2014년 〈타임〉이 '세계에서 가장 영향력 있는 100인'으로 선정한 이 명민하고 열정적인 작가를 논객으로 계속 만날 수 있다는 것으로 위안을 삼는 수밖에 없을 것 같다.

이 책과 함께 읽으면 좋은 책들

"추천하는 인도소설"

인도 작가가 썼거나 인도를 배경으로 한 소설이 많이 있다. 인도의 국민작가 쿠쉬완트 싱의 《델리》와 《파키스탄행 열차》, 로저 젤라즈니의 SF소설 《신들의 사회》, 영화로도 알려진 비카스 스와르프의 《슬럼독 밀리어네어》, 로힌턴 미스트리의 《적절한 균형》, 줌파 라히리의 《축복받은 집》, 리안 감독이 영화로도 만든 얀 마텔의 《파이 이야기》, 아라빈드 아디가의 《화이트 타이거》 등을 인도 여행길에 동행하거나 읽고 간다면 여행 가이드북 보다 백배는 나을 것이다.

설화,
소설로 다시 태어나다

《삼국유사 읽는 호텔》
윤후명
랜덤하우스중앙
2005

인도는 우리나라와 2,000년이 넘는 인연을 맺고 있는 나라다. 고대 문화를 꽃피운 가락국 시조인 수로왕의 왕비가 고대 인도 불교 도시국가인 아유타국 공주 허황옥으로 전해지고 있다. 아유타국은 아그라와 같은 우타르 프라데쉬 주州인 지금의 갠지스 강 중류 러크나우 가까이 있는 아요디아 지역으로 추정하고 있다. 수로왕의 능 앞에 서 있는 문에 그려진 두 마리 물고기와 남방식 불탑, 연꽃 봉오리, 태양 무늬 등이 아요디아의 장식과 매우 닮았다는 것을 그 근거로 들고 있다. 게스트하우스 주인에게 아요디아의 위치를 물어보니 갠지스 강의 지류인 고그라 강 근처를 지도에서 찾아 찍어준다. 한국 최초의 국제결혼 사례일 거라며, 그 옛날 너희 나라 공주가 우리나라에 와서 왕비가 되었다는 이야기를 들려주니 놀라워한다.

《삼국유사》에 따르면 허황옥은 수로왕이 가락국을 건국한지 6년째 되던 서기 48년 7월 김해 남쪽 해안에 도착했다. 지금으로 치면 장관급에 해당하는 중신을 바다로 보내 허황옥 일행을 영접해 대궐로 모시려 하지만 허황옥의 반응은 매몰차다. "나는 본시 당신들을 모르는데, 어찌 경솔하게 따라간단 말이오?" 황옥의 입에서 예기치 못한 말이 나온 것이다. 틀린 말이 아니었다. 수만리 바다를 건너온 규수가, 선불리 이역의 낯선 남정네들을 따라갈 수는 없는 일이었다. 그러나 이는 겉으로 드러난 구실일 뿐, 그 말 속에는 당돌한 요구가 들어 있는 것이다. "아무리 존귀한 왕이라 한들, 신랑 될 이가 직접 마중을 나오지 않는다면 배에서 내리지 않겠다"는 고집이었다. 아유타국의 공주인 허황옥과 가락국 수로왕의 혼인은 단순한 인륜지사가 아니다. 나라와 나라 사이의 혼례이다. 정치, 외교, 문화에 인종문제까지 고려해야 할 복잡한 국제교섭이다. 허황옥 측은 '의전' 문제를 놓고 실랑이를 벌이며 협상 시작단계부터 호락호락 끌려가지 않겠다는 의지를 과시한 것이다. (예나 지금이나 그놈의 의전이 항상 문제다!) 결국 국혼 절차를 위한 협상은, 당초 입장에서 서로 한 걸음씩 양보하는 것으로 매듭지어졌다. 수로왕이 직접 공주를 영접하되, 그 장소는 배를 정박한 포구가 아닌 중간 지점으로 절충이 된 것이다. 수로왕은 왕궁 서남쪽 60보쯤 되는 산기슭으로 나가서 천막으로 임시 궁전을 차리고 허황옥을 기다리기로 한다. 윤후명 장편소설 《삼국유사 읽는 호텔》에 이때의 장면을 묘사한 대목이 나온다.

"내가 너희를 난생 처음 보았는데 어떻게 경솔하게 따라갈까 보냐."
이 말을 전해 들은 수로왕은 옳게 여겨서 스스로 나아가 왕후를 맞아들이기로 했다. 그녀는 산 바깥쪽 나루에 배를 매고 높은 산에 올라가 있다가 비단 바지를 벗어 산신령에게 바쳤다.

윤후명, 《삼국유사 읽는 호텔》

윤후명 장편소설 《삼국유사 읽는 호텔》은 평양 양각도호텔에서 묵으며 밤이면 《삼국유사》를 읽는 주인공 사내의 3박 4일 여행을 다루고 있다. 남북 화해 분위기를 타고 평양 여행에 참가한 주인공은 낮에는 평양 시내나 묘향산 등지를 여행하고 밤에는 호텔방에서 《삼국유사》를 읽는다. 일상의 시공간과 논리를 뛰어넘어 신화시대의 시공간을 오가며 《삼국유사》 속에 깃든 사랑과 순수와 믿음의 감정을 불러낸다. 여행지가 다름 아닌 평양이라는 점, 그렇게 떠난 특별한 여행지에서 하필 삼국유사를 읽는다는 점 등이 어울려 기묘한 울림을 주는 소설이다. 아마도 작가는 설화 속에 등장하는 숨결을 가졌던 인간들과 아름다운 사랑을 복원해냄으로써 상처받고 찢긴 지금 이 땅의 육신과 정서를 치유하고 싶었는지 모른다. 답답한 현실을 넘어 아득한 시간과 이질적인 공간 저 너머에 있는 아름다움 그 자체인 이상향의 세계에 눈길을 던진다.

윤후명 작가는 1967년 경향신문 신춘문예, 1979년 한국일보 신춘문예에 각각 시와 소설이 당선되면서 등단했다. 고희古稀를 바라보는 나이에도 불구하고 줄곧 언어의 탁마를 통한 삶과 사랑의 본질을 탐구하는데 열과 성을 쏟아붓고 있으며, 특히 우리말이 가진 울림과 특유의 정서를 씨줄과 날줄로 교차시킨 독자적인 세계를 올곧게 구축해 오고 있다. 대표적 문학평론가 김윤식 선생은 "그의 문장은 빼어나고 빼어나서 견줄 사람이 없다"고 평할 정도로 우리나라 문단의 가장 치열한 문장가로 알려져 있다. 그의 작품 제목을 보면 유난히 '별'과 '꽃'이 자주 등장한다. 소설집 《모든 별들은 음악 소리를 낸다》, 《꽃의 말을 듣다》, 중편소설 《별을 사랑하는 마음으로》, 장편소설 《별까지 우리가》, 산문집 《꽃》, 《꽃을 다오 시간이 흘린 눈물을 다오》 등을 봐도 그렇다. 그러고 보면 그는 오래전부터 별이나 꽃에 대해 남다른 애착과 시선을 보내고 있었던 것 같다. 단순히 아름답거나 예쁜 것에서 그치지 않고, 그런 것들 속에서 우주 생명의 원천을 발견하는 예민한 촉수를 지닌 듯하다. 시적인 문체와 독특한 서술방식을 통해 무미건조하고 숨막힐 것 같은 일상에서 삶의 본질적인 쓸쓸함과 그리움을 예리하게 포착해 내는 그의 문장 앞에서 나는 번번이 베이곤 했다. 문단에서는 지금도 《삼국유사》보다 더 설화 같은 거제 지심도에서 있었던 윤후명 작가의 결혼식 에피소드가 전설처럼 흘러 다닌다.

《삼국유사》는 작가가 연세대 철학과에 다니던 젊은 시절부터 심취했던 텍스트였다고 한다. 그런데 왜 하필 《삼국유사》였을까? 《삼국유사》는 고려 충렬왕 때 승려 일연(1206~1289)이 신화나 설화로 취급될 법한 기이하고 허탄虛誕한 이야기들을 역사적 진실과 삶의 역동성으로 끌어올린 책이다. 충렬왕의 왕비는 원나라 공주였다. 왕비는 몽골제국의 위세를 믿고 늘 고려왕을 우습게 알았다. 손톱

GANES

SHIRDE SAI BABA
MANU, VISWANATH PRAS
REVOCABLE TRUST

으로 할퀴는 것은 예사였고, 심지어 따귀도 올려붙일 정도였다. 국사國師 일연은 그런 왕을 곁에서 모시면서 피눈물로 《삼국유사》를 썼다. 《삼국유사》는 엄밀한 의미에서 역사서가 아니다. 그렇다고 그 책에 기록된 사건들이 멋대로 가공한 이야기도 아니다. 사실 이전의 진실과 한국인의 DNA가 다양한 상징과 은유로 고스란히 담겨있는 우리 고대사의 화석이자, 우리 민족의 시학서이며 스토리텔링의 보고다. 전체 5권 9편에 유사遺事(남겨진 이야기)라는 제목처럼 이 땅을 스쳐 간 무수한 인연들 하나하나의 몸짓과 사연을 내치지 않고 보듬었다.

우주 생명의 원천인 신화나 설화가 사라진 시대의 상상력은 얼마나 빈약한가. 게스트하우스 옥상에 누워 삶의 본질적인 쓸쓸함과 그리움의 대상을 예리하게 포착해 내는 노작가의 음성으로 호출한 2,000년 전 설화를 머릿속에 그려보았다. 수로왕과 허황옥의 로맨스를 떠올리며 그 옛날 아유타국이라고 생각되는 쪽으로 별 하나가 허공을 가르며 날아가는 것을 보았는가 싶었는데 어느새 까무룩 잠이 들었던 모양이다. 누군가 빨래를 걷으러 올라왔다가 또 정전이 되었다고 투덜대는 소리에 잠이 깼다. 여기 이렇게 별빛이 가득한데, 전기 잠깐 나간 게 뭐 대수라고 저러는지 모르겠다. 혹시 꿈속에서 아유타국 둘째 공주가 품속으로 파고들지나 않을까 하는 기대를 안고 반대편으로 돌아누웠다. 아그라에서의 마지막 밤이 그렇게 깊어 갔다.

이 책과 함께 읽으면 좋은 책들

"전작주의를 권함"

지난 5월 마지막주 토요일 윤후명 작가와 40여 명의 독자들 틈에 끼어서 1박 2일로 '강릉 문학 기행'을 다녀왔다. 주요 작품들의 무대가 되었던 임당동 성당, 객사문, 경포대, 헌화로 바닷길, 주문진 달동네 등을 걸었다. 강릉의 산은 푸르렀고 물은 깊었다. 대지는 부드러웠고 햇빛은 따사로웠다. 주홍빛 산당화山棠花 꽃잎이 서로 겹쳐 곱게 피어난 오죽헌 마당에서 듣는 노작가의 음성은 낮고 담담했다. 과거의 아련한 추억을 떠올리는 처연한 눈빛에는 물기가 묻어났다. 일흔 평생을 걸어온 삶의 궤적이 독자들의 가슴을 훑고 지나갈 때마다 사람들이 내는 희미한 한숨이 고요한 공기를 흔들고 지나갔다. 강릉과 윤후명을 알고, 인생과 문학을 안고 돌아온 여행이었다. 세상은 5월을 지나 막 6월로 접어들고 있었다.

숙소로 사용했던 오죽헌 툇마루에 둘러앉아 밤늦게까지 이야기꽃을 피웠다. 그중에는 윤후명 작가의 작품을 거의 다 찾아 읽었다는 사람이 적지 않았다. 소위 전작주의 독서를 하는 부러운 사람들이다. 그 자리에서 입에 오르내린 작품들이 《가장 멀리 있는 나》, 《둔황의 사랑》, 《무지개를 오르는 발걸음》, 《모든 별들은 음악소리를 낸다》, 《새의 말을 듣다》, 《꽃의 말을 듣다》, 《협궤열차》 등이다. 서울에 도착하자마자 곧바로 서점으로 향했다.

4

카주라호

에로틱한 신들의 고향

카주라호, 끝나지 않은 성속의 결

잔시에서 로컬버스를 타고 카주라호로 가는 길은 한가롭고 평화롭다. 잘생긴 나무들이 하늘을 향해 쭉쭉 뻗어 있고 싱그런 녹음이 여행자의 눈을 시원하게 씻어준다. 이런 풍광만 끝없이 이어지면 얼마나 좋을까 생각하며 졸다 깨다를 반복했다. 잠깐 서울에 있는 꿈을 꾼 것도 같다.

끝나지 않은 이야기

《파이 이야기》
얀 마텔
작가정신
2004

간이 휴게실을 엉성하게 갖춘 민가 앞으로 차가 잠시 멈춰 섰다. 짜이를 한잔씩 마시고 가기로 했다. 짜이는 우유에 홍차와 향신료, 설탕 등을 넣고 뜨겁게 끓인 인도의 차다. 언뜻 밀크티와 비슷한데 은근히 중독성이 강하다. 인도 사람들은 아침에 일어나자마자 짜이 한잔을 마시고 일과를 시작할 정도로 짜이를 즐긴다. 인도를 여행하다 보면 길거리나 기차에서 "짜이~짜이~" 하며 짜이를 사라고 외치는 소리를 수시로 듣게 된다. 한 소년이 차에서 내리는 우리를 물끄러미 쳐다보고 있다. 회색 바지에 파란색 메리야스를 아무렇게나 걸친 옷은 남루해 보였지만 그 속에 담긴 구릿빛 몸은 소년의 몸 같지 않게 굳고 강건해 보인다. 짜이를 날라다 준 그 소년에게 이름과 나이를 물어보았지만 영어를 못하는지 눈만 껌벅거린다. 하긴 어느 통계를 보니 영국 식민지 경험에도 불구하고 제대로 영어를 구사할 줄 아는 인도인은 전체 인구의 10%에 불과하다고 한다. 10명 중 9명이 영어를 못 한다는 뜻이다. 힌디어를 하는 길잡이 소냐가 중간에 나서서 이름은 미끄랍이고 14살이라고 알려준다. 함께 사진을 찍자고 청하니 수줍은 미소로 응한다. 소설 《파이 이야기》를 원작으로 한 영화 〈라이프 오브 파이〉의 주인공인 인도 소년 파이 파텔을 닮았다.

《파이 이야기》는 남인도의 폰티체리라는 작은 도시를 배경으로 파이 파텔이라는 이름을 가진 열여섯 살 소년의 모험담을 그린 소설로, 2002년에 영국 최고의 권위를 자랑하는 문학상인 부커상을 수상한 작품이다. "내 이야기를 들으면, 젊은이는 신을 믿게 될 거요"라는 프롤로그를 읽을 때부터 어쩐지 마음을 끌어당긴 책이다. 파이는 동물원을 경영하는 부유한 집에서 태어나 어릴 적부터 많은 동물들을 보며 자란다. 그러던 중 혼란스러워져 가는 인도 정세에 불안을 느낀 파이의 아버지는 기르던 동물들을 동반하고 캐나다 이민 길에 오른다. 하지만 필리핀 마닐라를 떠나 태평양으로 접어든 지 나흘 째 되던 날, 미드웨이 제도로 가던 화물선이 폭풍우를 만나 좌초되는 비극이 벌어진다. 이 사고로 파이는 가족을 모두 잃고 가까스로 구명보트에 올라타 겨우 생명을 구한다. 정신을 차리고 보니 보트에는 파이 외에 얼룩말, 오랑우탄, 하이에나 그리고 리처드 파커라 이름붙인 벵골호랑이가 함께 올라타고 있었다. 난파된 보트 위에서 굶주린 하이에나는 얼룩말과 오랑우탄을 공격해 그들을 죽이지만, 하이에나 역시 리처드 파커에게 잡아먹히고 만다. 결국 보트 위에는 파이와 리처드 파커만이 남게 된다. 보트 아

48.90
DIST
Km

래는 무시무시한 상어떼가 우글거리고, 태평양 한가운데서 호랑이와 단둘이 남겨진 소년이라니. 이때부터 굶주린 호랑이와 사투를 벌이며 살아남기 위한 연약한 소년의 227일간의 표류기가 끝없이 펼쳐진다.

> 어느 이야기가 사실이든 여러분으로선 상관없고, 또 어느 이야기가 사실인지 증명할 수도 없지요. 그래서 묻는데요, 어느 이야기가 더 마음에 드나요? 어느 쪽이 더 나은가요? 동물이 나오는 이야기요, 동물이 안 나오는 이야기요?
>
> 얀 마텔, 《파이 이야기》

《파이 이야기》는 한 소년의 모험담을 통해 신의 존재와 생명의 본질까지 이야기를 밀어 올리는 독특한 소설이다. 충격적이고 예상치 못한 반전과 함께 흥미로운 이야기가 단숨에 읽혀 여행지에 가져가기에는 적당치 않은 책인지도 모른다. 〈와호장룡〉의 리안 감독이 이 소설을 영화로 만들었다는 소식을 듣고 제일 먼저 극장으로 달려갔음은 물론이다. 그런데 소설을 원작으로 한 영화를 두고 꼭 묻게 되는 질문이 있다. 소설이 나은가, 영화가 나은가? 이번 경우는 꼭 어떤 게 낫다고 답을 하기가 쉽지 않다. 분명한 것은 소설과 영화 둘 다 보기를 잘했다는 생각이 든다는 것이다. 아무 때고 소설의 어느 쪽을 펼쳐 봐도 실사 촬영과 CG를 결합한 영화의 환상적인 바다 장면이 두고두고 떠오르는 《파이 이야기》는 아직 끝나지 않은 이야기다.

미끄랍!

세상에는 하찮은 것에 주어지는 혜택들이 많단다. 영어도 그 중 하나다.

내가 힌디어를 몰라 네 이름과 나이를 다른 사람을 통해 알게 된 것은 '미안함'이지만,

네가 영어를 몰라 네 이름과 나이를 다른 사람을 통해 알게 한 것은 '무안함'이다.

신이 축복한 이 4월의 눈부신 햇살이 비로소 온전하게 너의 것이 되는 그 날이 오기를 기원한다.

떠나면서 손을 흔들자 미끄랍이 수줍게 팔을 낮게 들어 답손을 흔든다. 저 소년은 무슨 꿈을 품고 있을까. 어떤 이야기를 갖게 될까.

이 책과 함께 읽으면 좋은 책들

"부커상 수상작품"

부커상은 매년 영국 연방 국가에서 영어로 씌어진 소설 가운데 가장 뛰어난 작품을 선정하여 시상하는 영국 최고의 권위를 자랑하는 문학상이며, 노벨문학상 · 공쿠르상과 함께 세계 3대 문학상으로 꼽힌다. 수상작 대부분은 우리말로 번역 출간되어 있으며, 2014년부터는 전 세계 작가를 대상으로 수여한다. 2008년도 이후 수상작은 다음과 같다.

2008년 : 《화이트 타이거》(아라빈드 아디가)

2009년 : 《울프 홀》(힐러리 맨틀)

2010년 : 《핀클러의 질문》(하워드 제이컵슨)

2011년 : 《예감은 틀리지 않는다》(줄리언 반스)

2012년 : 《브링 업 더 바디르》(힐러리 맨틀)

2013년 : 《더 루미너리스》(엘레너 캐튼)

여행을 그리다

《세노 갓파의 인도 스케치 여행》
세노 갓파
서해문집
2008

어느새 타성이 붙었는지 아침에 일어나는 시간이 갈수록 늦어진다. 지난밤 꿈속에는 두고 온 것들이 나타났다. 아쉬운 마음에 꿈을 이어볼까 하고 잠을 더 청했다가 늦잠이 되고 말았다. 햇빛이 창문을 타고 넘어와 눈을 찌른다. 이런 날 태양은 단지 아침에 뜨는 별에 지나지 않는다.

.일어났다

일.어났다

일어.났다

일어났.다

일어났다.

느지막이 일어나 하루에 50루피(1,000원 정도)짜리 자전거를 빌려 타고 한가롭고 평화로운 카주라호 마을을 한 바퀴 둘러보았다. 그래봤자 한두 시간이면 충분하다. 분주하게 자전거 페달을 밟다 보니 이방인들이 점령해 버린 관광지를 벗어나 자연 속에 자리 잡은 마을들이 하나둘씩 모습을 나타낸다. 울타리 없이 짐승들을 기르는 모습도 볼 수 있고, 사진 찍히기를 두려워하는 우물가의 여인들을 지나치기도 했다. 일본의 무대미술가인 세노 갓파가 인도를 여행하며 그린 정겨운 스케치를 떠올리며 내게도 그림 그리는 재주가 있으면 얼마나 좋을까 하는 아쉬운 생각이 들었다. 대신 자주 자전거를 세우고 카주라호 마을의 시골 풍경을 오래오래 쳐다보았다.

《세노 갓파의 인도 스케치 여행》은 현대 일본을 대표하는 무대미술가이자 에세이스트인 이름부터 특이한 세노 갓파의 그림 반 글 반의 독특한 여행기다. 콜카타 공항에서 짐을 찾으며 카메라 장비와 자명종을 잃어버린 것을 알게 되는 것으로 시작한다. 이른바 '인도식 환영'이다.

책을 펼치면 네모난 스케치북 안에 네모나게 그림을 그리고, 여백을 글로 채우고 있는 것이 글보다 그림에 눈이 먼저 가는 게 사실이다. 학창시절 글과 그림으로 요령 있고 보기 좋게 노트필기를 하던 우등생 짝꿍이 연상된다. 직사각형의 책 안에 네모난 틀, 그 안에 그림, 그림 안팎의 여백에 촘촘히 박힌 작고 귀여운 손 글씨들. 한마디로 이쁜 책이다. 그러나 갓파가 인도를 종횡무진 여행

하며 보고 쓰고 그린 것은 예사롭지 않다. 그는 타고난 호기심으로 최고급 호텔과 이름난 관광지에서부터 인도 최하층의 집, 거리의 작은 가게, 지나가는 사람들까지 그 어느 것 하나도 범상하게 보아 넘기지 않는다. 인도라는 거대한 나라를 추동하는 인도인의 사고방식을 읽을 수 있는 흔적을 곳곳에서 발견할 수 있다.

> 그런데 운전사 양반은 "기계화가 되어서 일이 빨라지면 일자리를 잃는 사람이 엄청 많아진다. 그보단 모두가 함께 일하며 먹고사는 지금 방식이 좋지 않을까? 기계화해도 벼가 자라는 속도는 바뀌지 않을 테니까"라고 한다.
>
> 세노 갓파, 《세노 갓파의 인도 스케치 여행》

많은 인도 여행서들이 인도에 대한 열광 혹은 애정을 과분하게 표출하는 경향이 있다. 그러나 인도 역시 신화가 아니라 하나의 나라이다. 세노 갓파의 날카로운 펜 끝은 그 지점에서 절대 선 하나를 허투루 넘지 않는 집요함을 보여준다. 갓파가 도화지 위에 그린 스케치가 인도를 여행하는 길 위에서 덧대고 지나가는 경험은 유쾌하기 그지없다.

모처럼 밀린 빨래를 해치워 게스트하우스 마당의 빨랫줄에 널고 침낭도 탁탁 털어 햇볕을 쏘였다. 그새 길게 자란 손톱 발톱을 깎고 나니 배가 고프다. 그러고 보니 어제 점심 이후로 제대로 된 식사를 못했다. 식당을 찾아 어슬렁거렸다. 정작 식당에 앉고 보니 밥보다는 시원한 맥주가 당긴다. 킹피셔 두 병을 주문했다.

인도에서 많이 먹게 되는 음식 중 하나가 여러 가지 향신료와 고기, 채소 등을 넣고 푹 끓인 인도 전통음식인 카레다. 기억력 증진과 치매 예방에 카레가 좋다는 연구가 꾸준히 발표되고 있다. 카레를 많이 먹는 인도인의 치매 발생률은 미국인에 비해 약 4분의 1로, 이는 세계에서 가장 낮은 수치다. 일본에서는 카레라고 하지만 정확한 표현은 '향기롭고 맛있다' 혹은 '여러 향신료를 섞은 소스'를 뜻하기도 하는 Curry(커리)이다. 식민지 시절 영국인들이 붙인 이름이다. 어떤 여행자는 우스갯소리로 아침에 카레, 점심에 커리, 저녁에는 다시 카레를 먹었다고 한다. 보통은 인도인들이 손으로 카레를 먹는 것을 보고 더럽다며 손가락질을 한다. 그러나 가만히 생각해보면 우리가 식당이나 레스토랑에서 사용하는 수저나 포크가 누군지도 모르는 그 수많은 사람들의 입에 들어갔다 나온 것을 생각해보면 자기 손으로 자기 입에 넣는 음식이 어쩌면 더 깨끗하고 위생적일지 모른다.

저녁에 함께 배낭여행을 하는 한국인 여행자끼리 '전라도 밥집'이라는 한국음식을 대충 흉내 내는 식당에서 회식 비슷한 것을 했다. 대학교 휴학생부터 환갑이 지난 은퇴자까지 각양각색의 사람들이 모여서 모처럼 비싼 소주를 시켜 마셨다. 어설픈 안주를 앞에 놓고 저마다 자기가 평소 좋아하는 음식을 화제로 푸짐하게 한 상 차려낸다.

종로 3가 홍콩반점 박사장네 탕수육, 매콤새콤 무교동 낙지볶음, 김 무럭무럭 나는 낙원상가 순댓국, 잊을만하면 생각나는 동소문동 강릉집 김사장네 회무침, 비릿 상큼한 통영 굴, 꾸덕꾸덕 갯바람 맞은 구룡포 과메기, 입안 얼얼하게 매운 마산 아귀찜, 얄미운 사위 입천장 데라고 장모가 시침 뚝 떼고 내놓는 매생이국, 용문 원어민 영어교사 애슐리 코 막는 고릿하고 자글자글한 청국장, 코끝 찡하고 눈물 찔끔 나는 칠레산 홍어, 쫄깃쫄깃 혀에 감기는 벌교 꼬막, 막차 끊기고 혁대 풀고 먹는 감자탕…….

밤새 쨍그랑 땡그랑 잔 부딪치는 소리가 끊임없이 이어졌고, 까마귀 몇 마리가 까불까불 울어대는 동안에 몇몇은 대취했다.

이 책과 함께 읽으면 좋은 책들

"다시 인도를 여행한다면"

인도는 좋아해도 인도인은 싫다. 보이지 않는 인도는 좋아하면서도 보이는 인도인은 싫어한다. 대개의 사람들이 인도에 대해 갖고 있는 이중적인 태도 중 하나다. 막상 한 달 동안 인도를 여행했지만 나 역시 이런 편견에서 여전히 자유롭지 못하다. 그것으로도 인도에 다시 가야 할 이유가 충분하다. 다시 인도를 여행한다면 읽고 가고 싶은 책들이 눈에 띈다. 꿈은 이루어지라고 꾸는 것이니까, 그날을 위해 부지런히 읽어 둘 책이다.

《안나와디의 아이들》(캐서린 부) : 세계화가 양산한 구조적 빈곤과 불평등이 어떻게 인간의 삶을 규정하는지를 드러내며, 맨몸의 가난을 보여주는 인도 안나와디 빈민촌을 추적한 르포르타주이다. 작품의 무대인 뭄바이는 하나의 상징이다. 그만큼 발전하고, 그만큼 소외된 사람들이 사는 세계의 어느 도시이든 또 다른 뭄바이가 될 수 있다.

《인도는 무엇으로 사는가》(이광수) : 초판이 나온지 15년도 넘었지만 여전히 인도를 '줌인' '줌아웃'해서 바라보게 하는 최고의 인도 입문서 중 하나다. 아쉽게도 절판이 되어 서점에서는 구할 수가 없고 도서관에 가야 볼 수 있다. 정독도서관 청구기호는 981.502-ㅇ666ㅇ이다.

《인도, 아름다움은 신과 같아》(이옥순) : 대중을 위한 인문교양서 〈아시아의 미〉 시리즈의 첫 번째 이야기로, 서구 미인이 미의 표준으로 대두되기 이전, 인도 미인의 표준이 무엇이고, 그것이 어떻게 변화하여 오늘에 이르렀는지를 역사 · 문화적으로 추적한다.

금서禁書 중의 금서

《달과 6펜스》

서머싯 몸

민음사

2000

카주라호는 북인도 최고의 사원 유적지다. 지금은 궁색한 시골 벽촌의 모습이지만, 한때는 찬델라 왕조의 수도로 명성을 날렸던 곳이다. 전에는 이 일대에 무려 85개의 사원이 있었다고 하는데 10세기 전후 이슬람 세력의 침입이 이어지면서 현재는 22개 정도만 남아 있다. 종교와 성의 기묘한 접합과 조각상의 완벽한 아름다움이 남아 있는 사원을 보기 위해 오늘날에도 전 세계 사람들의 발길이 끊이지 않고 있다. 에로틱한 힌두사원 예술의 백미인 동부 사원군과 서부 사원군 중에서도 칸다리야 마하데브 사원으로 가면 표현은 더욱 노골적으로 변한다. 그곳에는 성을 승화시켜 신의 차원으로 끌어올리려는 인간의 눈물겨운 몸짓이 배어 있다. 사원을 한 바퀴 죽 돌고 나오니 어느새 저녁이다. 신들도 잠 잘 준비를 하려는지 서둘러 여행자들을 사원 밖으로 몰아내고는 낙조를 끌어다

덮는다. 성과 종교에 대한 관념을 예술적으로 승화시키는 인도인들의 저 깊고 오묘한 능력은 대체 어디에서 나오는 것일까. 예술과 창작의 광기에 사로잡혀 태평양 타히티 섬으로 간 화가가 주인공으로 나오는 소설 《달과 6펜스》가 생각났다.

영국 작가 서머싯 몸은 파리 주재 영국 대사관의 고문변호사의 아들로 태어나, 8세 때 어머니가 죽고 2년 뒤에 아버지마저 죽자, 영국에서 목사로 있던 숙부 밑에서 자랐다. 의과대학을 졸업하고 소설·희곡 등을 썼는데, 유명한 영국 첩보기관인 M16에서 일한 특이한 경력도 갖고 있다. 제1차 세계대전 직전에 완성한 자서전적 장편소설 《인간의 굴레》는 그의 대표적 걸작으로 꼽힌다. 대중성을 존중하는 그의 소설의 특색은 평이하고 스스럼없는 문체로 이야기를 재미있게 엮어 나가면서 독자를 매혹하는 동시에, 인간이란 것은 복잡하고 불가해不可解한 존재임을 날카롭게 드러내 보이는 점에 있다.

《달과 6펜스》는 화가 폴 고갱을 소재로 한 작품이지만, 그의 삶을 그대로 재현한 것은 아니다. 아이디어만을 빌려 왔을 뿐이다. 별 탈 없이 무난하게 살던 찰스 스트릭랜드라는 중년의 증권회사 중개인이 어느 날 마흔의 나이에 느닷없이 화가가 되겠다며 멀쩡한 직업과 처자식을 버리고 사라진다. 화가가 되기 위해 찾아간 파리에서 스트릭랜드는 그 누구에게도 인정받지 못한 채 삼류 호텔에서 굶다시피 하며 처참하게 산다. 이때 스트릭랜드의 남다른 재능을 발견하고 그에게 도움의 손길을 내민 사람은 화가 더크 스트뢰브. 그러나 어처구니없게도 스트릭랜드는 그의 은인인 스트뢰브

의 아내 블랑쉬와 불륜의 정을 통한 다음, 매정하게 그녀를 내쳐 버린다. 그 충격으로 블랑쉬는 음독자살을 하게 되고 스트릭랜드는 타히티 섬으로 떠나버린다. 타히티 섬에서 아타란 이름의 원주민 여자를 만나 결혼하지만 스트릭랜드는 결국 문둥병에 걸려 장님이 된 채 고통 가운데 신비로운 그림을 완성하면서 죽음을 맞는다.

> 여자들이란 기껏 생각한다는 게 그런 것뿐이야. 애정, 그저 언제나 애정이지. 남자가 자기를 버리면 꼭 딴 여자 때문이라고 생각한다니까. 그래 당신은 내가 여자 때문에 바보처럼 이런 짓을 저질렀다고 생각하시오? (중략) 하지만 남이야 어떻게 생각하든 정말 전혀 상관없는 사내가 여기 있었다. 그러니 인습 따위에 붙잡혀 있을 사내가 아니었다. 이 사내는 온몸에 기름을 바른 레슬링 선수처럼 도무지 붙잡을 수가 없었다. 그래서 이 자는 도덕적 한계를 넘어선 자유를 누리고 있었다. 내가 그에게 이런 말을 했던 것을 기억한다.
>
> "이것 보세요, 모두가 선생님처럼 행동한다면 세상이 어찌 되겠습니까?"
>
> "어리석은 소리를 하는군. 나처럼 살고 싶어 하는 사람이 많을 줄 아오? 세상 사람 대부분은 그냥 평범하게 살면서도 전혀 불만이 없어요.
>
> 서머싯 몸, 《달과 6펜스》

대개의 사람들이 틀에 박힌 생활의 궤도에 편안하게 정착하는 마흔일곱 살의 나이에, 그림이라는 새로운 세계를 향해 출발한 스트

성과 종교에 대한 관념을 예술적으로 승화시키는 인도인들의
저 깊고 오묘한 능력은 대체 어디에서 나오는 것일까.

릭랜드는 상식적으로 생각하면 비정상적인 사람이다. 현실감 제로에 악행에 가까운 짓도 서슴없이 한다. 그러나 이 작품은 비정상적인 예술 충동과 광기에 사로잡힌 한 예외적인 인물에 관한 이야기라고만 볼 수 없다. 어쩌면 인습과 욕망에 무반성적으로 매몰되어 있는 대중의 삶에 대한 냉소와 비판이기도 하다. 이 작품은 궁극적으로 예술의 세계와 생활의 세계는 과연 양립할 수 없는 것일까 하는 질문을 던진다.

> 나는 그림을 그려야 한다지 않소. 그리지 않고는 못 배기겠단 말이요. 물에 빠진 사람에게 헤엄을 잘 치고 못 치고가 문제겠소? 우선 헤어나오는 게 중요하지. 그렇지 않으면 빠져 죽어요.
>
> 서머싯 몸, 《달과 6펜스》

이 대목을 읽다보면 고려대 심리학과 허태균 교수가 한 일간지에 썼던 칼럼이 생각난다. 부부 상담을 전문으로 하는 심리학자에게 한 중년 여성이 찾아와서 남편이 갑자기 집을 나갔다고 하소연했다. 그 심리학자는 조심스럽게 질문했다. "혹시… 남편에게 다른 여자가 있는 것 같습니까?" 만약 그 여성이 슬픈 표정을 지으면서 그런 것 같다고 대답하면, 심리학자는 웃으면서 걱정하지 말라며, 곧 돌아올 거라고 말해준다. 그런데 반대로 확신에 찬 표정으로 남편은 추호도 그럴 사람이 아니라고, 그럴 리가 없다고 하면, 그는 매우 걱정스러운 표정으로 이렇게 얘기한다. "어쩌면 남편은 안 돌아올지도 모르겠습니다. 억지로 찾으려 하지 마세요." 바람나지도 않았는데 집을 나간 남자들은 대개 성찰을 너무 '쎄게' 한 경우다. 그들은 모든 걸 내려놨기에 스트릭랜드처럼 진짜 안 돌아올지 모른다.

'달'이 영혼과 관능의 세계, 또는 본성적 감성의 삶에 대한 이상주의를 지향한다면, '6펜스'는 돈과 물질의 세계로 대변되는 현실의 견고한 타성적 욕망을 암시한다. 《달과 6펜스》는 한 중년의 사내가 달빛 세계의 마력에 끌려 6펜스의 세계를 탈출하는 과정을 보여준다. 내가 '구름을 벗어난 달'이라는 블로그를 만들었던 때가 이 책을 처음 읽었을 무렵이다. 아마도 '구름'을 '6펜스'로 치환시켜 구름을 벗어나고 싶은 달의 마음을 담아 블로그명으로 삼았던 것 같다.

《달과 6펜스》는 모든 이에게 내재되어 있는 보편적인 욕망, 즉 억압적인 현실을 벗어나 자유롭게 살고 싶은 인간 본래의 욕망을 솔직하게 드러내고 있다. 어떤 창조적인 힘을 타고난 영혼에게는 일상의 잣대를 들이댈 수 없는 게 아닐까 하는 오래된 질문을 던지는 작품이다. 작가는 그걸 '사로잡힌 영혼'이라고 표현했다. 이 소설에 사로잡힐 영혼들에게 미리 이런 예방주사라도 놔주고 싶은 심정이 드는 건 이 책을 먼저 읽은 사람들이 갖게 되는 공통적인 심정일 것이다. 어떤 이에게는 금서가 될 책이다. 그러나 《그리스인 조르바》나 《월든》을 읽은 사람이 이 책을 비켜 가기는 힘들다. 태양을 본 사람이 촛불에 만족하기 힘들기 때문이다. 《달과 6펜스》는 힘든 질문을 던지는 책이다.

이 책과 함께 읽으면 좋은 책들

"서머싯 몸의 다른 책"

서머싯 몸은 1, 2차 세계대전 중 영화 '007'의 첩보기관인 영국 해외정보국(MI6) 요원으로 활동한 특이한 경력을 갖고 있다. 비평가들은 한때 간결하고 쉬운 문체로 이야기를 흥미진진하게 끌고 가는 그를 대중소설가라고 깎아내렸다. 그러나 몸은 뛰어난 심리 묘사와 더불어 작품성과 대중성을 모두 인정받아 1957년에 노벨문학상을 받았다.

《인간의 굴레에서》 : "말을 익히는 방법으로서는 설교를 듣는 것보다 극장 구경이 더 재미있다는 것을 필립은 알게 되었다." 서머싯 몸의 대표작으로 고뇌를 짊어진 젊은 필립이 마음의 상처를 극복하면서 세상에 눈떠가는 과정을 섬세하게 그린 일종의 성장소설이다.

《인생의 베일》 : "아니, 나 자신을 경멸해. 당신을 사랑했으니까." 사랑이 온통 달콤한 것만은 아니다. 사랑의 잔혹한 면을 이 작품처럼 적나라하게 보여준 작품이 또 있을까. 사랑으로 인한 상처를 견디다 못해 합법적으로 스스로를 파멸시킬 수 있는 장소를 찾아 일종의 유배를 떠난 부부의 이야기다. 영화 〈페인티드 베일〉의 원작이다.

《불멸의 작가 위대한 상상력》 : 서머싯 몸이 우리 시대 최고의 소설 10편에 대한 감상과 그 작가들의 생애를 재구성해 담은 책이다. 무엇보다 '작은 평전(작가론) + 비평적 독후감(작품론)'이라는 독특한 형식이 눈길을 끈다. 소설을 재미있게 읽는 데 필요한 평범하지만 특별한 독법을 선사한다.

신은 이야기를 듣고 싶어 인간을 만들었다

《신화의 힘》
조셉 캠벨 · 빌 모이어스
21세기북스
2002(개정판)

신화는 우주의 기원, 신이나 영웅의 위대함, 민족의 기원과 역사 또는 설화 등을 담은 신성한 이야기다. 신화라는 말에는 묘한 이중성이 담겨 있다. '빗자루 타고 다니는 이야기'처럼 허무맹랑하고 허구적이라는 이미지와, 인간의 원형성 또는 원초적 모습을 담은 이미지라는 두 가지 의미가 존재한다. 실증을 앞세우는 과학적 사고로만 보면, 신화를 미신적이거나 비논리적이고 황당무계한 전설쯤으로 여길 수도 있다. 그러나 신화가 무조건 허황한 옛날이야기는 아니다. 인류의 무의식과 사람들의 공통된 경험이 상징적인 의미로 담겨 있고, 최소한의 공간적 배경과 사물에 대한 사실성에 근거하고 있다. 당시의 상황과 맥락을 살펴 읽으면 역사와 사회, 인간의 모습이 고스란히 담겨 있는 지혜의 보고가 신화다. 유아기 인류의 미숙한 세계관의 산물이, 인류의 지혜를 응축한 일종의 철학이

शंकर
राम

शिव कुमार निषाद (शिवराज)
एल.एल.बी.
जिलाध्यक्ष
राजेन्द्र तिवेदी एड.
सौ0 से- अखिल भारतीय एकलव्य निषाद बिन्द कश्यप
Tabla Accompanist
Sri Keshava Rao Nayak, Sri Hari Om Hari,
Sri Sandeep Rao Kewale, Sri Subrato Roy Chaudhu
Harmonium Accompanist
SHAKTI MISHRA
Welcome
INTERNATIONAL MUSIC CENTRE (ASH
D. 33/81, Khalishpura, Dashaswamed
Varanasi-221001 U.P. (INDIA)
Call : 0091-542-2452302 Mob. : 09415987283, 094505
Note : Concert on Arround Year Every Wednesday & Sa
जल

다. 그래서 상징을 걷어 내고 신화를 들여다보면 현재의 우리와 신화 속 그들이 얼마나 많이 겹치는지 알게 된다. 세계 각지를 여행하다 보면 서로 교류가 없었던 지구 반대쪽에서 만나게 되는 신화와 전설이 매우 유사한 패턴을 보여주는 것에 놀랄 때가 많은 것도 그 때문이다. 신화는 한번 일어난 사건이지만, 패턴을 달리해 늘 반복되고 있으며 현대인들에게 엄청난 상상력과 영감을 제공한다. 《반지의 제왕》이나 《해리포터》가 대표적인 경우다.

신화를 과학적 합리론의 태도에서 벗어나 인간을 이해하는 큰 틀로 새롭게 해석한 대표적인 사람이 20세기 최고의 신화학자라고 불리는 조지프 캠벨이다. 그는 20세기 중반 이후 미국에 신화 열풍을 일으켰음은 물론이고 신화의 상업화에도 막대한 영향을 끼쳤다. 미국 영화감독 조지 루카스의 〈스타워즈〉나 디즈니 만화영화 〈라이언 킹〉 등은 캠벨에게서 영향을 받은 대표적인 사례다.

그의 사상의 바탕은 힌두교와 불교 전통에 근거한 일종의 범신론과 칼 융의 심리학이다. 그는 신화란 거짓말이 아니고 단지 은유일 뿐이라며 신화를 우주의 무한한 에너지를 인간에게 쏟아붓는 비밀스런 통로라고 정의했다.

캠벨은 미국에서 대학원을 마치고 유럽으로 유학을 떠나 중세 프랑스어와 산스크리트어를 배운 후 다시 미국으로 돌아왔다. 그러나 공교롭게도 그 무렵 세계를 강타한 대공황으로 아무런 직업을 갖지 못한다. 그는 모든 것을 포기하고 우드스톡이라는 작은 마을로 들어가 5년 동안 칩거하며 오로지 책만 읽었다. 먼저 좋아하는 작가의 책을 모조리 읽고, 그 다음에는 그 작가가 인용한 작가들의 작품을 다 찾아 읽어 나갔다. 5년 후 캠벨은 우드스톡을 나와 사라 로렌스대학의 교수가 되었다. 그때의 치열한 독서가 캠벨을 세계적인 비교종교학자이자 신화학자로 만들어 준 것이다.

《신화의 힘》은 캠벨이 미국의 저명한 방송인 빌 모이어스와 나눈 대담을 엮은 책으로 6부작으로 된 교육방송용 대담 시리즈가 방영이 되었다. 그리스 로마 신화뿐 아니라, 북미 아메리카 인디언 신화와 인도 신화 등 세계 전역에 퍼져 있는 다양한 신화를 넘나들며 신화의 본질을 명쾌하게 짚어내고 있다. 뿐만 아니라 사회 · 정치 · 경제 · 종교 · 인간 등 현대사회의 거의 모든 문제를 신화의 테두리 안에 연결하면서 신화가 어떻게 우리 삶에 뿌리내려 있는가를 조목조목 들려준다. 400쪽이 조금 넘는 분량이지만 대담 형식을 취하고 있어 읽기에 부담이 없고, 100여 컷의 그림 · 사진 자료가 이해를 돕는다.

캠벨은 개인의 삶을 긍정적으로 바꿔 놓았고, '희열을 찾아 떠나라'고 사람들의 등을 떠민다. 그를 따르는 수많은 추종자들을 한데 묶는 캠벨의 말은 바로 이것이다. "여러분의 천복天福을 따르라(Follow your bliss). 그러면 문이 없던 곳에 새로운 문이 열리리라." 특히 평생 하고 싶은 일을 하나도 해보지 못하고 살았다는 사람이 있다면, 이 책은 바로 그런 사람을 위한 책이다.

> 천복 같은 것과는 상관없이 성공을 거두는 사람도 있겠지요. 하지만 그런 성공으로 사는 삶이 어떤 삶일까 한번 생각해보세요. 평생

하고 싶은 일은 하나도 못 해보고 사는 따분한 인생을 한번 생각해 보세요.

조셉 캠벨 · 빌 모이어스, 《신화의 힘》

신은 이야기를 듣고 싶어 인간을 만들었는지도 모른다. 그래서 우리에게서 인생이 무엇인지 알 수 있는 능력을 빼앗은 대신, 미래를 알지 못하면서도 오늘을 살아갈 수 있는 능력을 준 것이다. 그러니 우리는 춤을 추면 된다. 캠벨도 우주의 가락에 맞추어 춤을 추었을 뿐이다. 《신화의 힘》의 현재적 가치는 여기서 나온다. 또박또박 눈에 힘주고, 또록또록 입에 담아서 읽어보자. '신화의 힘'이 '인생의 힘'으로 붙을지 모른다.

힌두신화나 건축 · 종교에 관심이 있는 사람이라면 카주라호를 지나칠 수 없다. 특히 유네스코 세계문화유산으로 지정된 서부 사원군의 조각상이 압권이다. 사원의 조각상들은 4세기에 쓰여진 성적 만족에 이르는 방법을 설명한 인도 최초의 성애서인 《카마수트라》에 실려 있는 것들로, 일반적인 종교에서 금기시하는 성행위를 적나라하게 묘사하고 있다. 들여다볼수록 상상을 초월한 체위의 남녀 미투나상(교합상)들이 너무나 리얼하다. 남녀 둘만의 섹스는 물론, 2:1에 그룹섹스까지, 또 그 장면을 훔쳐보며 자위하는 시녀들이 등장한다. 동성애와 심지어 수간도 서슴치 않는다. 이쯤되면 19금이 아니고 49금이다. 그러나 신의 허락 아래 이루어지는 투명한 사랑의 행위라니 어쩔 것인가. "어떡하나요 사랑없인 살 수 없고, 사랑만으로도 살 수 없으니."

'외로움'이 지나쳐 '에로움'으로 변했는지, 카주라호에서의 마지막날 밤 꿈속에 현란한 미투나들이 한꺼번에 들이닥쳤다.

참지 않았다.

이 책과 함께 읽으면 좋은 책들

"신화 책 읽는 법"

신화에 관심을 갖고 신화의 세계에 처음 발을 들여놓은 초보자들이라면 캠벨 스스로 정리한 캠벨 사상의 요약판이며 비교신화학 입문서인 《신화의 세계》를 《신화의 힘》과 함께 읽으면 좋을 것이다. 그 다음에 《신의 가면》 시리즈를 위한 서곡이라고 할 수 있는 《천의 얼굴을 가진 영웅》까지 읽고 나면, 캠벨의 주저로 모든 문화권의 신화를 집대성한 《신의 가면》 시리즈 (1.원시사회 2.동양신화 3.서양신화 4.창작신화)로 나아가는데 별 무리가 없을 것이다. 작고한 신화작가 이윤기는 자신에게 영향을 끼친 책으로 엘리아데의 《우주와 역사》, 《샤마니즘》, 칼 융의 《인간과 상징》과 함께 캠벨의 《천의 얼굴을 가진 영웅》, 《신의 가면》 시리즈를 꼽았다.

5

바라나시

바라나시를 보지 않았다면 인도를 본 것이 아니다

바라나시에서 성자가 된 혁명가를 보다

인도 여행을 하면서 자주 듣게 되는 말 중의 하나가 'No Problem!' 이다. 그러나 인도처럼 Problem이 많은 곳도 없다. 물건을 살 때도 그들이 부르는 가격에 절반을 후려치고 나서 미안한 마음을 내색하지 못하다가도, 그게 원래 팔려던 가격이었음을 이내 알게 된다. 애초부터 흥정할 마음을 접든지 아니면 지겨운 실랑이를 감내하거나 둘 중 하나다. 배낭여행 속성상 기차를 자주 이용하게 되는데 특히 야간열차에서 도둑을 조심하라는 말을 귀가 따갑도록 들은 터였다. 그런데 카주라호를 거쳐 바라나시로 가는 야간열차에서 기어코 도둑과 마주쳤다. 한밤중에 2층 침대칸에 누워 설핏 잠이 들었다가 인기척에 눈을 떠보니 누군가가 아래층 침대칸 밑에 묶어둔 배낭에 손을 대고 있다. 어설픈 영어로 욕을 해대니 어깨를 한 번 으쓱하며 "No Problem!" 하며 유유히 사라진다. 인도는 명상을 하는 나라가 아니라 명상을 하게 만드는 나라라고 하더니, 이번 여행이 No Problem이 아닌 All Problem이 될 것을 예고하는 첫 사건이었다. 그때 시간이 새벽 2시, 순간 잠이 확 달아난다. 눈을 감아 보지만 한번 깬 잠이 쉽사리 돌아올 리 없다. 스마트폰에 저장된 핑크마티니와 길라보노프의 노래를 들으며 자다 깨다를 반복하다 새벽에 겨우 잠이 들었다. 짜이를 사라고 외치는 노점상들의 시끄러운 소리에 눈을 떠보니 기차가 어느새 바라나시에 닿고 있었다.

인도 9일째. 바라나시는 인도 여행을 처음부터 다시 시작하는 느낌이 들게 한다. "바라나시를 보지 않았다면 인도를 본 것이 아니다. 바라나시를 보았다면 인도를 모두 본 것이다"라는 말처럼 바라나시는 인도가 가지고 있는 중첩된 이미지를 모두 품고 있는 3,000년 고도古都다. 그러나 유럽 여행에서처럼 생강빛 수염을 기른 제임스 본드의 멋진 이복동생과 마주치는 일을 기대해선 안 된다. 여행자를 제일 먼저 맞는 것은 미로처럼 얽힌 좁은 골목과 그곳에 널려 있는 쓰레기와 오물들이다. 인도 여행에 배낭이 아닌 트롤리를 가져갔다면 상륙작전을 하는 해병대원처럼 그 무거운 짐을 머리에 이고 다녀야 할지 모른다. 거기다 다음 골목에서 무엇이 튀어나올지 모르는 아슬아슬한 긴장감이 극도의 피로를 불러온다. 수없이 많은 시신을 실은 상여가 끊임없이 지나가고 그 와중에 작은 좌판을 벌인 상인들은 뭔가를 사라고 큰 소리로 외친다. 하얀 소가 거만하게 엉덩이를 흔들며 거리를 쏘다니다가 태연하게 상점 안으로 들어가 몸을 뉘이지만 그 누구도 막아서거나 쫓아내지 않는다. 여행자만이 그 광경을 신기하게 쳐다볼 뿐이다.

갠지스 강변을 잇고 있는 계단길인 가트로 나가면 곧바로 화장터와 만난다. 그곳에서는 대낮부터 시체를 불태우고, 그 죽음을 장송하는 의식들이 끊이지 않는다. 가트 한쪽이 시체 태우는 연기와 역한 냄새로 가득하다. 한참을 그렇게 타던 시신 중 일부가 장작더미 사이로 툭, 소리를 내며 떨어진다. 입술쯤으로 보이는 부분은 부글부글 끓는 소리를 내며 여전히 타고 있다. 그걸 지켜보고 있노라면 나도 모르게 온몸에 소름이 돋는다. 아이러니한 것은 바로 그 옆에서 태연하게 사람들이 짐승들과 함께 몸을 담그며 목욕과 빨래를 하며 심지어는 그 물을 마시기까지 한다는 것이다. 갠지스의 성수로 목욕하면 모든 죄악을 씻어내고, 갠지스에서 죽고 화장해 남은 재가 강 위에 뿌려지면 윤회에서 벗어날 수 있다고 믿기 때문이다. 한쪽에서는 아이들이 발가벗은 채로 다이빙 솜씨를 겨루느라 정신이 없고, 코밑에 수염이 거뭇한 청년들은 크리켓 경기에 숨이 차다.

갠지스 강 물속에서 막 걸어 나오는 한 사내를 만났다. 젖은 몸이 햇빛을 받아 고기비늘처럼 빛난다. 긴 머리칼과 갈색 눈동자. 인도인은 아닌 듯하다.

"어디서 왔니?"

"러시아."

"언제 왔니?"

"좀 전에."

"인도엔 왜 온 거니?"

"아, 미안! 이미 인도에 온 사람한테 그런 부질없는 질문을 하다니."

"현명한 자는 더 이상 묻지 않는다."《우파니샤드》

대낮부터 갠지스 강에 나와 장작더미 위에서 태워지는 시체들을 바라본다. 시체 타는 연기가 하늘로 치솟고 하얀 재가 강물 위로 날아다닌다. 그 희뿌연 연기 사이로 시체 주위를 맴도는 개들이 보인다. 충분한 장작을 살 수 없는 가난한 사람의 타다 만 시체는 개

하얀 소가 거리를 쏘다니다가
태연하게 상점 안으로 들어가 몸을 뉘인다.
그 누구도 막아서거나 쫓아내지 않는다.
여행자만이 신기하게 쳐다볼 뿐이다.

갠지스 강에 서 있다 보면
누구라도 삶과 죽음, 신과 인간, 성과 속 같은
인생의 본질과 마주하지 않을 수 없다.

들의 표적이 된다. 차마 그곳에 오래 있지를 못하고 가트 위로 올라왔다. 거기에는 내일이 될지 모레가 될지 모르지만 그 장작 위에 올려질 차례를 기다리는 꺼져 가는 육신들이 모여 있는 곳이 있다. 갠지스 강에 서 있다보면 누구라도 삶과 죽음, 신과 인간, 성과 속 같은 인생의 본질과 마주하지 않을 수가 없게 된다. 폴란드 여류시인 쉼보르스키는 "우리는 아무런 연습 없이 태어나 아무런 단련 없이 죽는다"라고 말했다. 그러나 신과 인간과 짐승들이 교묘하게 뒤섞여 연출해 내는 이 생경한 의식을 바라보고 있노라면 예행연습이라도 하듯이 죽음을 천연덕스럽게 다루는 그들의 일상이 낯설고 혼란스럽다. 어쩌면 죽음을 두려워하는 생각이 두려움을 낳는 게 아닐까 하는 생각이 불현듯 든다. 몇 해 전에 티베트에 갔을 때 들었던 속담을 떠올렸다. "내일이 먼저 올지, 다음 생이 먼저 올지, 우리는 아무도 알지 못한다." 참을 수 없는 죽음의 가벼움 앞에서 참을 수 없는 존재의 무거움을 느끼고 돌아섰다.

세상에 살되
세상에 소속되지 말라

《장자》
안동림 역
현암사
2010(개정 2판)

해가 지는 갠지스 강을 쳐다본다. 강 한복판에 옴짝달싹 못하는 조각배 하나. 노는 어디로 사라졌는지 보이지 않는다. 낮에 갠지스 강을 관광하던 그 많던 여행객은 모두 어디로 사라졌는지 빈 배만 홀로 떠 있는 것이 비본질적인 것들은 모두 사라지고 생명력 넘치고 완전한 것들만 남아 있는 듯한 착각이 든다. 온 세상이 정지한 것 같다. 달빛과 빈 배가 만들어 내는 다른 세상이 거기 펼쳐져 있다. 장자의 〈빈 배〉가 생각난다.

한 사람이 배를 타고 강을 건너다가 빈 배가 그의 배와 부딪치면 그는 화를 내지 않는다. 그러나 배 안에 사람이 있으면 처음에는 피하라고 소리칠 것이고 나중에는 욕설을 퍼붓게 될 것이다. 아까는 화를 내지 않았는데 이번에는 화를 내는 것은 아까는 빈 배였지만 지금은 그 배 안에 누군가 타고 있기 때문이다. 그러나 그 배가 비어 있다면 그는 소리치지 않을 것이고 화내지 않을 것이다. 사람도 스스로를 텅 비게 하고 세상을 산다면 그 무엇이 그에게 해를 끼칠 수 있겠는가. 그러한 이가 완전한 이다.

논리적인 사람들에게는 장자의 빈 배는 참으로 이상한 이야기이다. 착하게 살라는 것도 아니고, 멋있게 살라는 것도 아니고, 권력과 부를 획득하여 세속적으로 성공하는 삶을 살라는 이야기도 아니다. 그저 아무 구별 없이 단순하게, 무심하게, 무엇을 이룸도 없이, 물 흐르는 듯이 자연스럽게 살라는 말이다. 평범한 삶이 비범한 삶이고 우둔해 보이는 자가 지혜로운 자라는 역설을 말한다.

장자는 2,000년 전 중국 전국시대에 살았던 사람으로 본명은 '주周'이고 옻나무 밭을 관리하는 하급관리를 지냈다. 공자보다 약 150년 뒤지고 맹자와는 거의 동시대를 산 셈이다. 장자는 천지만물의 기본원리가 '도道'라고 봤다. 여기서 도는 어떤 대상을 욕망하거나 소유하지 않는 무위無爲하고 자연스러운 것을 의미한다. 장자만큼 인간의 추함·어리석음·비굴함·오만함을 꿰뚫어 본 사상가도 드물다. 그는 면밀하면서도 냉철하게 인간을 관찰했고, 정확하면서도 절실하게 인간사회를 파악했다. 노자에게는 현실 세계의 성공을 원하는 처세적 경향이 강한 데 비해, 장자가 바란 것은 인간 사회의 일체의 속박에서 벗어나 절대 자유의 정신을 찾고 자연과 하나가 되는 경지였다고 할 수 있다. 장자는 중국의 철학과 종교, 특히 선종의 발전에 지대한 영향을 끼쳤다. 선불교는 인도 불

교와 장자 사상의 결합이라고 알려져 있다.

《장자》는 〈내편〉 7편, 〈외편〉 15편, 〈잡편〉 11편으로 이루어져 있다. 이 중 〈내편〉의 7개 이야기 – 소요유逍遙遊, 제물론齊物論, 양생주養生主, 인간세人間世, 덕충부德充符, 대종사大宗師, 응제왕應帝王이 가장 많이 읽히고 문장의 완성도가 뛰어나다. 그중 참된 삶을 누리게 하는 요체要諦를 뜻하는 〈양생주〉편은 궁중에서 소 잡는 일을 하는 포정庖丁이라는 인물을 앞세워 자연에 따라 사물에 거역하지 않고 소박하게 살아가는 데에 행복한 인생을 보내는 도가 있음을 강조한다.

> 문혜군이 하루는 우연히 포정이 소를 잡는 장면을 보게 됐다. 원래 소를 잡는 것은 큰 도끼를 내리치고 칼을 갈아서 소의 부위를 나누느라 피가 튀기고 살이 찢기는 잔인한 일이다. 하지만 포정은 달랐다. 칼이 지나는 경쾌한 소리, 사뿐사뿐 움직이는 포정의 손과 몸놀림, 포정의 움직임에 따라 변해가는 소의 모양 등은 마치 음악에 맞춰 춤을 추는 것 같았다. 문혜군은 포정의 작업에서 잔인함을 느끼지 못하고 오히려 아름다움을 느꼈다. 문혜군은 감탄하여 포정에게 물었다. "아, 훌륭하도다. 소 잡는 기술을 어떻게 배웠길래 이러한 경지에 도달했는가?" 포정이 대답했다. 자신도 처음부터 그랬던 것이 아니다. 처음에 칼을 잡고 소 앞에 섰을 때 소는 실제 크기보다 훨씬 크고 산만해서 도대체 어디서부터 시작을 해야 할지 전혀 감을 잡을 수가 없었다. 3년쯤 지나자 소의 크기가 조금씩 줄어들었고 또 눈도 소 전체에 압도되지 않고 작업해야 할 부분에만 집

중하게 됐다. 지금은 소를 보고 있지만 그것은 눈으로 보는 것이 아니라 마음으로 보는 것이다. 칼을 잡는 순간에 이미 칼이 어디로 들어가서 어디를 거치고 마지막에 칼을 어떻게 거두는지 훤하게 됐다. 가죽과 고기 그리고 살과 뼈 사이의 커다란 틈새로 비집어 들어가고 빈 곳으로 요리조리 움직여 소가 원래 생긴 대로 따라가다 보니 탁월한 칼 기술로 뼈가 모이고 힘줄이 뭉친 곳을 건드린 적이 없다. 이렇게 수많은 경험을 통해 소를 잡는 전체 과정을 훤히 꿰뚫게 되니 "소를 잡는다"는 표현보다는 "소를 가지고 논다"는 표현이 더 적절하다고 할 수 있다. 포정은 다시 소 잡는 기술자를 두 부류로 나누었다. 첫째, 평범한 소잡이로서, 달마다 칼을 바꾸는 족포族庖가 있다. 그는 칼로 단단한 뼈를 건드리고 힘줄을 억지로 자르려고 하니 칼날이 쉽게 상하는 것이다. 둘째, 솜씨 좋은 소잡이로서, 일 년마다 칼을 바꾸는 양포良庖가 있다. 그는 뼈와 힘줄을 피해갈 줄 알지만 아직 살을 억지로 손질하려고 하니 칼날이 무디지 않을 수가 없다. 이에 반해 명인名人의 경지에 이른 포정은 칼을 뼈와 뼈 사이, 뼈와 살 사이, 살과 살 사이로 지나게 하니 칼날이 상할 일이 없었다. 포정은 지금의 칼을 19년째 쓰고 있지만 처음 숫돌에서 간 것처럼 조금도 변화가 없다.

장자, 《장자》

장자는 포정의 이야기를 통해 사람이 자연의 흐름에 인위적으로 개입해 욕망을 가공하거나 세상을 어떤 방향으로 끌어가려는 시도를 부정했다. 그렇게 하면 칼을 자주 바꾸는 것처럼 사람을 다치게

만들기 때문이다. 즉 자연에는 사람이 인위적으로 끼어들어서 바꿀 수 없는 뭔가가 있다고 장자는 주장하고 있는 것이다.

세상에는 두 종류의 책이 있다. 한 번 죽 읽어서 내용을 다 파악한 후 던져 버리게 되는 책, 그리고 옆에 두고 읽고 또 읽으며 끊임없이 에너지와 영감을 얻게 되는 책이 그것이다. 《장자》는 천의 얼굴을 가진 매력적인 책이다. 그 현란한 비유와 광활한 문체도 그렇지만 시대를 넘나드는 해석의 다양성은 그 어느 고전도 쉽게 따라오지 못한다. 삶의 지혜로 가득 찬 우화집으로 읽힐 수도 있고, 특유의 도가적 상상력으로 버무려 낸 한 편의 뛰어난 문학작품으로 다가오는 경우도 있다. 《장자》는 세상을 보는 창窓 같은 책이다. 아무 때나 열어 보아도 그에 맞는 풍경을 보여준다. 세상을 살면서 아무리 어렵고 힘든 일이 있더라도 한 발자국 떨어져 바라보면 먼지처럼 가벼운 일이라는 걸 깨닫게 해준다.

> 언제인가 장주는 나비가 된 꿈을 꾸었다. 훨훨 날아다니는 나비가 된 채 유쾌하게 즐기면서도 자기가 장주라는 것을 깨닫지 못했다. 그러나 문득 깨어나 보니 틀림없는 장주가 아닌가. 도대체 장주가 꿈에 나비가 되었을까? 아니면 나비가 꿈에 장주가 된 것일까?
>
> 장자, 《장자》

장주와 나비 사이에 과연 어떤 구별이 있을까? 겉보기에 반드시 구별이 있지만 결코 절대적인 변화는 아니다. 장주가 나비이고, 나비가 곧 장주다. 삶은 모순적이며 미묘하다. 원인과 결과가 일대일로 대응하는 함수가 아니다. 중층적으로 얽혀 혼재되어 있을 뿐더러 너무나 광대무변하다. 삶을 이루는 다양하고 광활한 지평과 정면으로 대면하며 인생을 변주하고 싶은 사람에게 《장자》를 권하는 이유가 여기에 있다.

이 책과 함께 읽으면 좋은 책들

"장자 텍스트"

《장자》와 관련된 번역서는 시중에 넘쳐난다. 교수신문에서 국내외 고전 30종을 선정하여 각 분야 전공자의 비평과 조언을 통해 엮은 《최고의 고전 번역을 찾아서》에서는 안동림 역주와 오강남 풀이 두 권을 최고 번역본으로 추천하고 있다. 안동림 역주본은 풍부한 주석의 참조로 다양한 해석의 가능성을 열어두었다는 점에서 두루 추천되지만, 260쪽에 달하는 색인을 뺀 본문만 해도 800쪽에 달하는 방대한 분량에 압도된다. 오강남 풀이는 몇 개의 문단으로 나눈 본문에 새 제목을 달고, 역자의 해설을 붙인 것이 신선하다. 주요 개념을 한글로 풀이해 《장자》를 처음 접하는 한글세대가 입문용으로 읽기에 편리하다.

성자가 된 혁명가
비노바 바베

《사랑의 힘이 세상을 지배할 것이다》

비노바 바베

조화로운삶

2011

강가Ganga(갠지스 강을 뜻하는 힌두어)를 걷다 발길이 비노바 바베가 바라나시에서 머물렀던 두르가 가트에 닿았다. 역사상 인도에 위대한 구루Guru(스승)들이 즐비하지만 그중에서 현대 인도의 정신적 지도자이자 사회개혁가인 비노바는 혁명가적 성자로 추앙받는 두드러지는 인물이다. 많은 구루들이 자신의 깨달음만을 추구하거나 사회와 담을 쌓고 자신의 공동체 안에서 머무르는 데에 그쳤다면 그는 영성과 사회적 혁명을 동시에 이뤄냈기 때문이다. 1912년부터 출가의 뜻을 품은 비노바는 4년간 숙고한 끝에 스물한 살 되던 해인 1916년 3월 집을 떠났다. 뭄바이로 가는 도중에 마음을 바꿔 바라나시로 향하는 기차로 갈아탔다. 비노바의 운명이 바뀌는 순간이었다. 비노바는 바라나시에 도착하여 강 옆의 두르가가트 근처 3층 집에 방을 얻었다. 매일 저녁 강가에 앉아 명상

을 하거나 깊은 사색에 잠겼다. 두 달 남짓 바라나시에서 보낸 비노바의 발걸음은 서서히 간디에게로 향했다. 연설문을 읽고 그에게 질문을 보내기 시작했고 마침내 간디가 아쉬람(힌두교 수행자들의 공동체)으로 와서 함께 머무르자는 답장을 보내왔다. 그의 삶은 간디에게서 많은 영향을 받았다. 그러나 그는 간디를 본받는 것에 머무르지 않고, 간디의 비폭력 평화사상을 현실 속에서 더욱더 구체화시켰다. 그는 인도 카스트의 최고 계급인 브라만으로 태어났다. 그러나 똥 치우는 일, 옷감 짜는 일, 목수 일, 농사 등 사회가 천시하고 경멸하는 온갖 노동을 실천하는 육체노동자가 되어 인도 독립과 가난한 이들의 지위 향상을 위해 평생을 헌신하였다. 13년 동안 인도 전역을 맨발로 걸어 다니며 지주들을 설득하여, 그들로부터 남한 면적의 5분의 1에 해당하는 500만 에이커의 땅을 헌납받아 가난한 이들에게 나누어 주었다. 영적인 진리 추구, 비폭력의 실천 의지, 아름다운 노동의 가치, 세계의 평화와 평등의 신념을 주장한 비노바는 "사랑과 사상만큼 강한 힘을 가진 것은 없다. 조직도, 정부도, 이념도, 경전도, 무기도 사랑과 사상을 당할 수는 없다. 나는 사랑과 사상이 진정한 힘의 유일한 근원이라고 믿는다"고 강조했다. 비노바는 '부단 운동(비노바 바베가 일으킨 토지헌납운동)'을 이끌며 인도 전역을 돌아다니거나 정부의 요청으로 분쟁을 중재하러 갈 때에도 주로 걸어 다녔다. 한번은 네루 수상이 아삼 주州에 그가 방문해 주기를 바라면서 비행기를 제공했지만 비노바는 이를 거절했다. 그리고는 4,000 마일이나 되는 거리를 하루 평균 10마일을 걸어서 5개월에 걸쳐 걸어서 갔다. 그가 걷기를 고집한 데에는 분명한 이유가 있었다. "도보로 다녀야 그 지방과 그곳의 사람들을 더 가깝게 만날 수 있을 것이다. 내가 걸어서 여행을 하지 않았더라면, 그 모든 것을 직접 보지는 못했을 것이다."

비노바는 학자로서의 면모 또한 탁월하여 많은 힌두교 경전뿐 아니라 다른 종교의 경전들을 깊이 탐구했지만 제도 교육과는 거리를 두었다. 비노바가 대학입학자격 증명서를 불태운 사건은 그의 면모를 단적으로 말해 주는 일화다. "그가 19세 되던 1916년, 자신의 학교증명서를 불태워 버렸다. 어머니가 깜짝 놀라서 묻자, '아마 그건 내게 이제 필요 없을 겁니다. 나는 월급 받는 일은 절대로 안 할 겁니다'라고 대답했다고 한다."

비노바가 당시 식민지 인도의 감옥에 갇혀 있을 때 정치범들에게는 책을 읽을 수 있는 특전이 주어졌다. 그는 닥치는 대로 책을 신청해서 읽었다. 이에 대해 그는 이렇게 말했다. "정부에 죄다 얼간이들만 앉아 있어서 그렇지요. 무엇이 진짜 위험한 것인지를 그들은 모르니까요. 만일 정부가 그걸 알았더라면 《바가바드기타》나 《우파니샤드》는 들여보내지 않았을 겁니다." 그들은 비노바를 두 평 남짓한 작은 공간에 가뒀다고 생각했지만, 그에게 우주 전체를 허락한 꼴이었다.

비노바는 감옥에서 강연자로서도 큰 인기를 모았다. 그가 둘레 감옥에 갇혀 있을 때 죄수들을 위해 《바가바드기타》에 대해 강연을 했는데, 일반 남자 죄수는 물론, 그들과 접촉이 금지된 여자 죄수들도 강연을 들었다. 심지어 어떤 간수는 자신의 아내까지 데려와 비노바의 강의를 들었을 정도다. 줄여서 '기타(노래)'라고도 하는

《바가바드기타》는 힌두교 3대 성전 중 하나로, '신의 노래' '거룩한 자의 노래'라는 뜻이다. 700개에 달하는 송頌 내지는 절節들이 2백 50자 안에 선문답처럼 3줄씩 끊어지는 묘미를 담고 있다. 인도 철학의 다이아몬드 혹은 인도 철학의 젖줄이라고 불리는 고전 중의 고전이다. 이때 그가 감옥에서 행한 강연을 모은 《천상의 노래》는 '기타' 연구의 백미를 이루고 있다.

《사랑의 힘이 세상을 지배할 것이다》는 비노바 바베의 포토 명상집으로, 2006년에 출간된 《홀로 걸으라, 그대 가장 행복한 이여》의 2011년 개정판이다. 비노바 바베의 글과 함께 구탐 바자이가 찍은 사진이 눈길을 끈다. 열두 살 어린 나이에 비노바의 토지헌납운동에 참가한 구탐 바자이는 그의 여정을 사진으로 기록하라며 어머니가 건네준 작은 카메라로 비노바의 모습을 기록하기 시작한 이후 평생 그와 동행했다. 이 책에 실린 대부분의 사진들은 1951년에서 1982년 사이에 촬영한 것들로, 부단운동과 아쉬람에서의 비노바의 행적을 담은 것이다. 책에 실린 사진은 연출된 것이 아니며 예술 사진은 더더욱 아니기에 거칠게 보이기도 한다. 그러나 조금만 시선을 멈추고 들여다보면 사진 한 장 한 장에 삶과 영성이 깃들어 있음을 알게 된다. 글 사이에 박힌 사진에 눈이 오랫동안 머무느라 책장이 쉬이 넘어가지 않고, 가슴 깊은 곳에서 길어 올린 울림이 묵직하다. 명치 바로 밑에서 말을 거는 책이다.

> 도둑질은 범죄이지만 많은 돈을 쌓아 놓는 것은
> 도둑을 만들어 내는 더 큰 도둑질입니다.

돈이 많다는 사실로만 존경받는 자리를 내주면 안 됩니다.

비노바 바베, 《사랑의 힘이 세상을 지배할 것이다》

그는 자신이 세운 여성공동체 '브라마비디야 아쉬람'에서 죽을 때까지 머물며 기도와 명상수행, 교육활동을 펼쳤다. 죽음이 임박했음을 깨닫자 모든 곡기를 끊고 명상을 하며 조용히 생을 마쳤다. 그는 진리와 헌신, 그리고 명상과 실천을 분리한 적이 없었다. 그의 인생은 한길, 하나였고, 분리되지 않고 전체로서 존재했다. 비노바의 삶은 한마디로 한 인간이 신과 세계 앞에서 얼마나 진실되고 순수하며 동시에 혁명적으로 살 수 있는지를 보여준다. 간디는 자신의 제자이자 간디 사상의 진정한 계승자로 손꼽히는 그를 가리켜 '인도가 독립하는 날, 인도의 국기를 처음으로 게양할 사람'이라고 칭송했다.

어느 책에서 읽었는지 기억은 희미하지만 오래 그곳에 걸려 쉽게 넘어가지 못한 구절이 있었다. "세상에는 세 종류의 사람이 있다. 반성하는 사람, 반성하지 않는 사람, 그리고 반성만 하는 사람. 반성은 실천적 명상이다. 내 영혼을 내 안으로 물구나무시키는 일이다." 비노바 바베는 꽤 오랫동안 날 물구나무시킬 것 같은 예감이 든다.

이 책과 함께 읽으면 좋은 책들

“울림과 성찰을 주는 책”

공주 한 명을 깨우기 위해서는 왕자 한 명의 키스로 충분하지만, 잠들어 있는 많은 사람을 깨우기 위해서는 크고 요란한 소리가 필요한 법이다. 110년 전 중국 현대문학의 선구자인 루쉰은 ‘낡은 중국’을 치료하고자 청진기 대신 펜을 들었다. 그는 1923년에 발표한 〈외침〉에서 “창문이 하나도 없는 철로 된 방에 갇힌 사람들이 죽어갈 때 그들을 깨워서 고통을 더 줄 것인가, 그러나 이미 눈뜬 사람이 몇이라도 있다면 그 철로 된 견고한 방을 부술 희망이 전혀 없다고는 말할 수 없지 않은가”라고 고뇌했다.

《분노하라》(스테판 에셀) : 한국어판에는 비교적 긴 인터뷰 글이 함께 실려 80여 쪽이지만, 원서는 34쪽의 소책자에 불과하다. 그러나 울림과 성찰은 묵직하다. 아흔세 살의 프랑스 노 혁명가가 ‘좋은 세상’을 만들기 위해서는 ‘좋은 분노’가 필요하다고 일갈한다. 가만히 앉아서 나이만 먹는 것을 부끄럽게 만드는 책이다.

《사회를 말하는 사회》(정수복 외) : 2014년 4월 16일 이후, 우리 국민들은 ‘대체 우리는 어떤 사회에 살고 있는가’를 묻기 시작했다. 책에는 한국 사회를 읽는 30개 키워드가 등장한다. 소비사회, 잉여사회, 위험사회, 분노사회, 과로사회, 피로사회, 승자독식사회 등이 그것이다. 빈칸으로 남겨진 ‘00사회’는 우리가 함께 고민해서 채워야 할 숙제다.

《한국탈핵》(김익중) : ‘원자력 안전 신화’에 언제까지 속고만 있을 것인가! 일본 후쿠시마 원전 사고가 증명하듯이 원자력은 상상할 수도 없는 큰 재앙을 불러올 괴물이다. 후쿠시마 핵사고, 핵사고의 확률, 한국의 위험 정도, 방사능의 건강영향 등 원자력 관련 이슈를 조목조목 정리하여 제시하고 있다. 대한민국 모든 국민들이 반드시 돌려 읽어야 할 탈핵 교과서다.

양생을 허許하노라

《동의보감, 몸과 우주 그리고 삶의 비전을 찾아서》

고미숙

북드라망

2012(개정판)

갠지스 강을 거닐다가 사두(힌두 탁발승)를 만났다. 치렁치렁한 머리칼은 고목나무에서 흘러내린 듯 허리까지 내려와 있고, 얼굴에는 경극 배우처럼 두꺼운 분칠을 했고, 몸에는 갖가지 요상한 액세서리를 두르고 있다.

"나마스떼!(안녕하세요)"

"어디서 왔는가?"

"코리아."

"아니, 네가 어디서 기원했는지를 묻는 것이다."

"모르겠다."

"궁금하지 않은가? 궁금하면 50루피!"

"사실은 너는 네가 온 곳을 알고 있다. 단지 그 사실을 네 자신이 모를 뿐이다. 살람 알레이쿰!(당신에게 평화를)"

평화는 모르겠고 화가 살짝 나는 게 사기당한 기분이 들었지만 이미 50루피는 그의 손에 쥐어진 다음이었다. 아이 엠I am을 찾을까 했다가 루피만 날렸다.

갠지스 강에 석양이 지는 것을 보려고 다시 가트로 나갔다가 루피를 앗아간 그 사두를 다시 만났다. 오늘 하루 영업(?)을 마감이라도 하는 듯 가트 옆에서 지그시 눈을 감고 앉아 명상을 하며 이따금씩 만트라(신성한 주문)를 내뱉는다.

"하리 옴! 옴 나마 시바야!"

슬그머니 장난기가 발동했다. 그 옆으로 몰래 다가가 결가부좌를 틀고 앉아 눈을 감고 《동의보감》을 공부하다 읽은 주역周易의 64괘卦를 입에서 나오는 대로 제멋대로 읊어 댔다.

중천건 중지곤 수뢰둔 산수몽

수천수 천수송 지수사 수지비

풍천소축 천택리 지천태 천지비

사두가 놀랐는지 눈을 번쩍 뜨고 지금 외는 주문이 뭐냐고 묻는다.

"궁금한가? 궁금하면 50루피!"

그제서야 상황을 알아차렸는지 사두가 그 턱없이 크고 하얀 이빨을 드러내고 씩 웃는다. 내친김에 손바닥을 비벼 눈자위를 비비고, 콧등을 문지르고, 고치법 등 《동의보감》에서 배운 몇 가지 양생술을 시범으로 보여줬더니 따라 한다. 물론 50루피는 여전히 그의 손에 있는 것이 생업적 사기로 번 돈을 반환할 의사는 없어 보인다.

2013년 4월 어느 봄날 갠지스 강가에서 우리 둘은 그렇게 한바탕 웃고 헤어졌다.

아유르베다는 우주와 인간을 상호 연관지어 고찰하는 고대 인도의 전통의학이다. 인도와 네팔 등에서 5,000년 이상 일상생활에서 활용되어 왔는데, 아유르베다의 핵심을 한 마디로 말하면 '균형'이다. 개인의 신체적, 정신적, 영적인 기운의 상호 균형이 깨졌거나, 또는 개인과 자연환경의 균형이 깨졌을 때 질병이 생긴다는 것이다. 한의학에서는 우주의 기운이 우리 신체와 연결되어 있듯이 몸과 마음이 서로 소통한다고 말한다. 희로애락과 오장육부가 연동되어 움직이며, 감정은 삶의 모습을 비추는 거울이 된다. 화를 자주 내면 간이 상하고, 너무 기뻐하면 심장이 다치며, 두려움이 지속되면 신장에 병이 생긴다는 것이다. 이처럼 아유르베다가 표방하는 '인간은 소우주이고 질서는 건강이고 무질서는 병'이라는 철학은 한의학과 일부 통하는 지점이 있다.

서양의학이라고 전혀 다르지 않다. 네델란드 출신의 헤르만 부르하페라는 의사는 죽어서 의학사상 최고의 비밀이라는 두툼한 노트 한 권을 남겼다. 이후 이 노트는 경매에 붙여졌는데 그 노트를 펼치자 아무것도 없는 백지의 맨 끝 페이지에 다음과 같은 한 줄이 적혀 있었다고 한다. "머리는 차갑게 하고, 발은 뜨겁게 하며, 몸속에는 찌꺼기를 남겨두지 마라. 그러면 당신은 세상의 모든 의사를 비웃게 될 것이다." 차가운 기운은 위로 올라가게 하고 뜨거운 기운은 아래로 내려가게 하는 것, 머리는 차갑게 가슴은 편안하게 복부는 따뜻하게 하는 것이 건강의 지름길이라는 의미로, 동양의학에서 말하는 수승하강水昇下降이나 두한족열頭寒足熱과 같은 의미다.

《동의보감》은 유네스코에 등재된 세계기록유산으로, 동아시아 2,000년의 의학지식을 집대성한 동양의학의 최고봉으로 꼽히는 책이다. 조선조 광해군 2년인 1610년에 허준이 장장 14년에 걸쳐 완성한 책으로, 25권에 달하는 엄청난 스케일로 목차만 무려 100쪽이 넘는다. 《황제내경》 이후 송, 금, 원, 명대까지 의학의 정수를 추려 정리했을 뿐만 아니라 《향약집성방》, 《의방유취》 등 조선의 의학전통을 잇고 있다. 특히 중국에선 30여 차례 간행될 정도로 베스트셀러가 되었고, 일본에서도 한의학의 표준적 모델이 되었다. 인체를 대우주의 여러 형상이 고스란히 반영된 '소우주'라고 보는 등 독특한 담론의 질서를 갖추고 있는 실용서이며 예방서라고 할 수 있다. 《동의보감》은 생명의 원천인 정精, 인체의 생리적인 운용을 담당하는 기氣, 정신활동의 주체인 신神을 기둥으로 삼고 있다. 크게 내경편內景篇(몸 안의 세계), 외형편外形篇(몸 겉의 세계), 잡병편雜病篇(병의 세계), 탕액편湯液篇(약물의 세계), 침구편鍼灸篇(침구의 세계) 등 총 5개 편으로 구성되어 있다.

고미숙의 《동의보감, 몸과 우주 그리고 삶의 비전을 찾아서》는 의학서에 머물러 온 동의보감을 동양철학과 서양철학을 넘나들며 인문학적으로 재해석해 쉽게 풀어 쓴 책이다. 의학과 인문학이 따로 있지 않다는 것, 아니 오히려 그 둘이 함께할 때 우리 안의 치유 본능을 이끌어 내어 궁극적으로 "몸과 삶과 생각"이 하나 되는 삶을 향해 갈 수 있다는 것을 보여준다. 몸과 마음, 질병과 삶, 그리고 삶의 용법을 입체적으로 보여줌으로써 앎이 곧 운명임을 역설한다. 그래서 동의보감을 단순한 의학서가 아닌 삶의 방식과 직결되어 있는 삶의 비전서, 혹은 양생술의 지혜로 활용할 수 있음을 강조하고 있다. 동의보감이 오늘, 우리에게 제시하는 최고의 비전은 바로 여기에 있다.

저자는 서울 남산 밑에 있는 공부공동체인 '감이당'과 '남산강학원'을 이끌며 고전평론가로 활동하고 있다. 고전평론가는 그가 만든 우주에서 유일무이한 직업이다. 오래된 고전을 우리 시대의 첨예한 문제와 '사선으로' 연결하는 글쓰기를 하고 있으며, 특히 감이당坎以堂은 '몸·삶·글'이라는 키워드를 가지고 공부로 인생역전하려는 학인들이 '인문의역학人文醫易學'을 탐구하는 곳이다. '생명의 원리(醫)와 우주의 물리적 이치(易)는 하나!'라는 것이 의역학의 기본테제인데, 이 오래된 지혜를 21세기 인문학의 화두와 접속시켜 생명과 우주의 원리를 탐구하여 삶의 윤리적 기술로 변환시키고자 하는 것이 '인문의역학'이다. 의역학+독송+글쓰기가 합쳐진 커리큘럼을 통해 어려운 것을 쉽게, 쉬운 것을 깊게, 깊은 것을 유쾌하게 공부한다.

사람은 세상에 태어나 첫 호흡을 시작한 순간, 천지의 기운이 어떻게 배치되어 있었는지를 몸속 장기臟器들이 보여주며, 얼굴은 그런 장기를 보여주는 지도와 다름없다. 《동의보감》은 소우주와 다름없는 자기 몸을 관찰하고, 절기에 맞는 섭생과 양생을 주문한다. 나의 몸을 아는 것이 삶을 아는 것이라는 뜻이다. 그러나 유감스럽게도 현대인들은 중세의 귀족만큼도 몸을 쓰지 않는다. 살찐 소파에서 좀처럼 일어날 줄 모른다. 불면증, 편집증, 강박증 등 온갖 잡병이 여기서 기인한다. 이 모든 것을 한방에 해결해 주는 것이 바로 '걷기'다. 우리 몸의 206개 뼈 중 25%에 해당하는 52개 뼈가 양발에 있다. 사람의 발은 걸을 땐 자기 체중의 1.5배 하중을 받고, 축구 농구 마라톤 등 심한 운동을 할 땐 1시간에 500톤의 힘을 받아 낸다. 걷기는 몸 전체 근육의 70~80%를 쓰는 전신운동이다. 걷는다는 것은 발바닥의 경락, 특히 용천혈湧泉穴을 자극하는 일이다. 용천혈은 정력과 생식을 주관하는 장부인 신장과 바로 통하는 혈자리다. 몸의 기운을 순환시킴으로써 망상을 멈추게 하는 것에 걷기의 핵심이 있다. 그러니 걷기는 만병통치약에 가깝다고 해도 무리가 아닐 것이다. 책에는 가장 쉽게 실천할 수 있는 일로 자가용으로부터 탈출하여 걸으라고 권한다. 차만 버려도 에콜로지에 엄청나게 기여할 수 있으니 일거양득이 아닐 수 없다.

환자 : 고맙습니다. 선생님 덕분에 걸어다닐 수 있게 되었습니다.

의사 : 별말씀을요. 모두 환자분의 의지력이 강했기 때문입니다.

환자 : 아뇨. 치료비 때문에 차를 팔았거든요.

레베카 솔닛은 《걷기의 역사》에서 이렇게 말했다. "나에게는 의사가 둘 있다. 왼쪽 다리와 오른쪽 다리가 그들이다. 몸과 마음이 고장날 때 나는 이 의사들을 찾아가기만 하면 된다." 두 다리를 자신의 주치의로 삼으라는 뜻이다.

그러니 무얼 주저하는가, 하루빨리 '당신의 처와 이혼해라' 오타다. 《당신의 차와 이혼해라, 케이티 앨버드》

몸의 원리와 우주의 이치는 '나란히, 함께' 간다. 병이 없는 신체란 애당초 불가능하다. 질병과 치유는 삶의 모든 과정과 연동되어 있다. 스스로 자신의 신체를 조율하는 것이 양생술의 핵심이다. 그런데 언제부턴가 현대인들은 자신의 신체에 대한 결정권을 남의 손에 맡겼다. 좋은 병원이란 명의가 있는 곳이 아니라, 첨단의 장비를 갖춘 곳을 지칭한다. 이 장비의 천문학적 비용을 감당하려면 검진과 수술을 일상화하는 것 말고는 달리 방법이 없다. 그렇다면 여기서 환자의 몸을 보는 궁극적 척도는 '자본'일 수밖에 없다. 하물며 오천원 짜리 잡지도 절취선이 달린 엽서가 붙어 있는데, 인간의 몸뚱이가 되어서 제 몸을 돌보는 지혜는 소외시킨 채 벌면서 병들고 고치면서 멍든다. 그러다 몸에 병이 오면 치료에 급급할 뿐 근원적으로 치유할 생각은 아예 하지 않는 게 우리들의 모습이다. 암도 마찬가지다. 암이 곧 죽음을 의미하는 것은 아니다. 암세포는 늘 생겨나고 또 사라진다. 면역계가 암세포를 통제할 수 있으면 충분히 공존가능하다. 어혈이나 담음, 울체가 발견되었다고 무조건 절개를 해야 하는 건 아니다. 잘 풀어주면서 함께 사는 길을 찾아야 한다. 《동의보감, 몸과 우주 그리고 삶의 비전을 찾아서》에는 일상 속에서 쉽게 실천할 수 있는 다양한 양생비법을 일러준다.

> 양생의 테크닉이라는 것도 평범하기 그지없다. 가장 좋은 음식은 '밥물이 걸죽하게 고인' 것, 가장 훌륭한 삶은 담백하고 진솔한 일상, 수련법은 이빨을 맞부딪히는 고치법, 맨손체조, 식후 100보 걷기, 생각은 적게 몸은 많이. 일상적인, 너무나 일상적인!
>
> 고미숙, 《동의보감, 몸과 우주 그리고 삶의 비전을 찾아서》

너무나 실용적이고 동시에 너무도 고매한 의역학이라는 저 원대한 지평선 위를 질주하기 위해서는 구체적인 윤리실천인 행을 닦아야 하는데, 108배나 등산, 걷기, 낭송 등등 방법은 수없이 많다. 저자는 특히 목소리를 크고 낭랑하게 키우며 뼈도 튼튼해지는 아주 좋은 수행법으로 낭송을 추천하고 있다. 고전의 명문장을 큰소리로 암송하는 연습을 하거나 아니면 그것을 연극대본으로 바꾸어서 공연을 해보는 것도 좋다.

2008년부터 〈북코러스〉라는 이름의 낭독 독서모임을 햇수로 6년째 해오고 있다. 매주 월요일 저녁에 신촌 이화여대 근처의 인문학 낭독아지트인 '문학다방 봄봄'에서 《서양미술사》, 《월든》, 《총,균,쇠》, 《코스모스》, 《특이점이 온다》 같은 고전 위주의 책들을 스무권 넘게 읽었다. 대개 600여 쪽이 넘어가는, 혼자서 읽기에 버거운 책들을 소리내어 윤독한다. 조만간 《동의보감》을 낭독하는 날이 올

것 같다.

막상 해보니 동의보감에서 말하는 것처럼 낭독은 일종의 양생비법이 맞다. 백미보다 현미가 몸에 더 좋은 것처럼, 묵독보다 낭독이 몸이 좋아하는 독서법이라는 걸 알게 된다. 묵독은 이야기에 담긴 긴장과 갈등, 지혜와 성찰의 호흡을 가볍게 제거해 버리는 반면, 낭독은 몽글몽글하게 책속에 웅크리고 있던 활자들이 소리내어 읽는 순간 그 뜻을 곧게 펴서 책 밖으로 걸어 나오게 한다. 이렇게 낭독이 습관이 되면 가계부와 아이 성적표 빼놓고는 죄다 읽으려 드는 것이 유일한 부작용이라면 부작용이다.

언젠가 동네 주민들과 함께 퓰리처상 수상작인 손톤 와일더의 《우리읍내》를 낭독극으로 무대에 올린 적이 있다. 처음에는 소리내어 읽는 것조차 힘겨워하던 사람들이 두 달쯤 후에는 행간에 숨어있던 감정의 무늬까지 끄집어내 진짜 배우처럼 대사를 하는 것을 보고 깜짝 놀랐다. 공연 후 뒤풀이 자리에서는 낭독을 통해 변화된 저마다의 사연을 쏟아내는데 거의 간증(?) 수준이었다. 미국 작가 앤 패디먼이 《서재 결혼 시키기》에서 "낭독은 이따금씩 탈진하는 경주자들의 힘을 북돋워 주기 위해 조제된 낭만적인 게토레이다"라고 한 말이 어쩌면 이렇게 딱 들어맞는지 신기할 따름이었다.

이 책과 함께 읽으면 좋은 책들

"동의보감 정복하기"

동의보감이 고리타분한 책이고 양생이 도인들이나 하는 것이라는 편견은 오산이다. 동의보감은 병원에 달려가기 전에 가정 상비약으로 두고 읽으면 든든한 책일 뿐만 아니라 인생역전의 비법이 숨겨져 있는 평생 가까이 두고 읽을 만한 삶의 비전서이다. 눈만 밝다면 원전의 방대함이나 난해함에 기죽지 않고 얼마든지 우리 삶을 살찌우는 양생서로 활용할 수 있다.

《허허 동의보감》(허영만) : 양천 허씨 31대손인 허영만 화백이 20대 조상인 허준이 쓴 《동의보감》을 총 20권을 목표로 만화로 옮기고 있는 중이다. 《죽을래 살래(1권)》, 《기통차게 살자(2권)》 등 제목부터가 예사롭지 않다. 《동의보감》 입문서로 강추한다.

《명랑인생 건강교본》(김태진) :'동의보감 매일매일 실전편'이라는 부제처럼 《동의보감》을 기본으로 실생활에서 적용할 만한 처방과 실천법을 쉽고 재미있게 소개한 책이다. 오장육부, 음양오행, 칠정 등 기본적인 동양학 · 한의학에 대한 이론을 저자 특유의 경쾌한 문체로 실용적이면서도 인문학적으로 풀어냈다.

《한권으로 읽는 동의보감》(신동원 외) : 이런저런 입문서를 읽었지만 여전히 《동의보감》을 곧바로 읽을 엄두가 나지 않는다면 《동의보감》과 본격적으로 접속하기에 앞서 읽기에 맞춤한 일종의 가이드북이다. 의역학을 가르치는 '감이당'에서도 주저없이 이 책을 텍스트로 추천할 정도로 《동의보감》 전체의 맥락을 짚는데 유용한 책이다.

6

콜카타

기억 속의 슬픈 화양연화

콜카타에서 자유로운 영혼의 슬픔을 보다

만약 인도를 다시 가게 되거나, 아니면 두 번 다시 찾지 않는다면 그건 바라나시 때문일 것이다. 극도의 혼란과 무한의 혼돈을 체험한 바라나시에서의 나흘을 뒤로하고 다시 밤기차를 탔다. 희미한 흥분이 뒤섞인 설레임 속에서 12334 SL열차는 콜카타가 있는 하우라 역을 향해 나른한 경적을 울리며 달린다.

콜카타에 왔다. 오랫동안 '캘커타'로 불리던 곳이다. 원래 조그만 어촌이었던 콜카타를 영국이 약 150년 동안 수도로 삼고 식민지 인도를 통치했다. 한때 대영제국의 전 세계 영토 중 런던을 제외하고 가장 컸다고 한다. 그러나 이제는 20세기 초반의 어느 언저리에서 시간이 멈춰버린 퇴락해 가는 슬픈 화양연화花樣年華의 기억을 고스란히 간직하고 있다. 그 탓인지 아직도 거리 곳곳에는 식민지풍의 건물이 남아 있고, 영국령의 상징과도 같은 트램이 느릿느릿 시가지를 활보한다.

인도에선 누구나 아파야 한다고 했던가. 여행 내내 제대로 먹지 못해서인지 온몸이 풀기 하나 없이 지쳐가면서 몸이 망가지고 있다는 느낌이 들더니, 결국 콜카타에서 탈이 났다. 반나절을 화장실을 들락거리는 데 다 써버렸다. 입술 언저리가 부르트고 온몸이 쑤시며 무기력하다. 서울에서 가져온 약을 억지로 먹어봤지만 별 소용이 없다. 다른 여행자가 현지에서 산 약이라며 건네준 이름도 모르는 알약을 몇 개 삼키니 그제야 살 것 같다. "로마에서는 로마법을 따르라"는 말이 사실인지 어쩐지 모르겠지만 "인도에서는 인도 약을 먹으라"는 것은 분명 맞는 말이다. 여행이 휴식과 멈춤이긴 하지만 그 안에서도 또 다른 작은 쉼표가 필요한 것인지도 모른다.

숙소에 있는 게 답답해 밖으로 나오긴 했지만 아직 돌아다니는 것은 무리인 것 같다. 한칼에 염소의 목을 쳐 솟구치는 피를 제물로 바친다는 깔티 사원 구경은 일치감치 포기하고 숙소에서 가까운 여행자 거리인 써더스트리트에 퍼질러 앉아 멍 때리는 쪽을 택했다. 몇 시간을 그렇게 있으려니 무료해서 죽을 맛이다. 가이드북을 보니 콜카타에서 꼭 경험해봐야 할 것 중 하나가 인도영화란다. 가까운 극장을 찾아 나섰다. 어차피 대부분 인도 대중영화가 반 이상은 노래로 채워져 있다고 했으니까 대충만 알아들어도 되겠다 싶었다. 그래도 그렇지 이게 영화인지 뮤지컬인지, 시작한지 10분도 지나지 않아 집안에서 밀당을 나누던 남녀가 갑자기 화면이 바뀌면서 들판에서 함께 노래를 부르고 율동을 하며 이리 뛰고 저리 뛰는 게 이런 난리부루스가 따로 없다. 아마 서로 호감을 느끼기 시작했다는 영화적 장치인 듯 하다. 그에 비하면 광한루에서 그네 뛰며 수작 걸던 이몽룡과 성춘향은 얼마나 품위가 있는 로맨스인가. 한참을 그러더니 이번엔 여자가 질질 짜며 노래를 부르기 시작한다. 아하! 그새 헤어지는 모양이다. 그러고 보면 영화 한 편에 액션, 코미디, 로맨스까지 다양한 장르가 푸짐하게 담겨 있는 게 인도영화의 특징인 듯 싶다. 〈세 얼간이〉 같은 감동적인 영화를 기대했다가 혼자 얼간이가 되어 극장을 나왔다.

아!
구본형

《구본형의 마지막 편지》
구본형
휴머니스트
2013

불현듯 서울 소식이 궁금해 'Wi-Fi free'라고 씌여진 카페를 찾아 들어갔다. 모처럼 설탕과 시럽을 듬뿍 친 까페라떼를 시켜 마시며 인터넷 검색을 하다 구본형 소장의 부고訃告라는 믿지 못할 소식을 접했다. 그의 책 출간을 기념하는 북 콘서트에 초대받아 서평을 낭독하고 대담을 함께 진행한 적이 있었다. 그는 알려진 대로 온화하고 다정한 사람이었지만 뒤풀이에서는 경쾌하게 소주잔을 부딪치는 즐거운 자리를 마다하지 않는 면도 보여줬다. 구본형은 IMF 시대를 힘겹게 살아온 직장인들에게 인문학과 경영학을 접목한 자기계발서 붐을 일으키며 '직장인 멘토'로 이름을 높였다. 각박한 세상을 더욱 과장해 보여주는 다른 실용서들과 달리 돈 이야기 안 하는 인문학적 향기가 가득 담긴 자기계발서를 개척한 그의 독특한 글쓰기에 나는 오래전에 마음을 빼앗겼다.

그런 그가 세상을 떠났다니! 겨우 쉰아홉 살이 아닌가. 비통한 마음을 억누를 수 없었다.

사람은 스스로 만든 틀 안에 자신을 가둔다. 그것이 사유와 행동을 제약한다. 젊은이들은 모두 학교를 졸업하면 회사로 몰려간다. 그들은 회사 안에서 정해진 몸가짐을 하고, 정해진 행동거지를 하고, 그렇게 '안무되어' '춤추는' 것이 강제되고 '훈련'된다. 그리고 그 강제와 교환하여 약간의 임금을 받는다. 그러나 회사원들은 매일 같은 행동을 하기 때문에 보고 있는 세계가 늘 똑같다. 영화 〈버킷리스트〉에 이런 대사가 나온다. "우리가 인생에서 가장 많이 후회하는 것은 살면서 한 일들이 아니라, 하지 않은 일들이다."

알의 상태일 때는 둥지가 좋다. 그러나 날개가 자라나면 둥지는 더 이상 좋은 곳이 못 된다. 고개를 조금만 돌려 다른 쪽으로 시선을 옮기기만 해도 상상하지 못했던 세계를 볼 수 있다. 늘 익숙한 길, 늘 다니던 골목을 벗어나 한 뼘 다른 길로 나가면 전혀 다른 풍경과 마주치게 된다. 그러나 대부분의 사람들은 누군가의 일부분으로, 우수하고 근면한 노예로 살다가 인생을 마감하는지도 모른다. 정직하고, 부지런하고, 착한 사람들로 말이다. 퓰리처상을 수상한 미국 여성작가 에너 퀸들런은 이렇게 표현했다. "네가 쥐들의 달리기에서 1등을 한다면, 네가 여전히 쥐라는 뜻이다. 죽어가면서 '회사에서 더 많은 시간을 보낼 걸' 하며 후회하는 사람은 없다."

그는 선동가이고 혁명가다. 그러나 그는 조용한 혁명가이다. 그가 꿈꾸는 혁명은 자기변화를 통한 자기혁명이다. 혁명은 요란하거나 소란스럽게 하는 게 아니다. 혁명은 하루를 바꾸고 자신부터 변화하는 것에서 출발한다는 것을 보여주었다. 그는 남과 경쟁하지 말고 자신의 과거와 경쟁하라고 말한다. 다른 사람과의 경쟁은 언제나 우리를 불편하게 하지만 자신의 과거와 경쟁하는 것은 적을 만들지 않고, 스스로 나아지는 방식이다. 그는 행동을 내일로 유보하지 않았다. 살다보면 선택이 아닌 결정을 해야 하는 순간이 온다. 그는 자신이 원하는 삶을 자신답게 살기로 작정하고 다니던 IBM을 박차고 나왔다. 그의 선동은 어제보다 오늘을 더 아름답게 살라는 것이었다. "우리는 어제보다 아름다워지려는 사람을 돕습니다"라는 모토motto를 내건 〈구본형 변화경영연구소〉를 차리고 책읽고 글쓰기 위해 자신의 삶을 자발적으로 단순화시켰다. 성 안의 작은 땅을 포기하는 대신 성 밖의 넓은 땅을 차지하기 위해 모험을 택한 것이다.

실천은 늘 간단하고 명료하다. Just do it! 이게 전부다. 그러나 늘 어렵다. 매일 하지 않기 때문이고, 하다가 그만두기 때문이다. 피아니스트 아르투르 루빈스타인은 "하루를 연습하지 않으면 내가 알고, 이틀을 연습하지 않으면 오케스트라가 알고, 사흘을 연습하지 않으면 세상 모두가 안다"고 말했다. 국제구호활동가로 활약한 한비야는 《중국견문록》에서 "세상에 무엇인가를 매일 하는 것처럼 무섭고 힘센 것은 없다"며 "느린 것은 두렵지 않으나 멈추는 것은 두렵다"라는 중국속담을 소개한 적이 있다. 의지는 약하고 습관은 강하기 때문에 매일의 힘을 빌리지 못하면 꿈을 이루기 힘들고, 오랫동안 멀리 가려면 습관의 힘을 빌릴 수밖에 없다는 뜻이다. 나는

52380
SHREE

그의 책을 읽고 한동안 두 가지를 실천했다. 매일 새벽 5시에 일어나 '인시일기寅時日記'(인시는 새벽 3~5시를 말한다)를 쓰는 것과 '필사필사必死筆寫'(필사적으로 필사를 하겠다는 뜻)가 그것이다. 그의 말대로 새벽은 멋진 시간이다. 자신과의 약속을 지키기 가장 매력적인 시간이다.

《구본형의 마지막 편지》는 그가 2013년 4월 13일 세상을 떠나기 전 자신이 아끼는 지인들에게 마지막으로 남긴 열네 통의 편지를 담은 책이다. 우연을 도약으로 승화시킨 인물들을 소개하며 그들의 결정적 선택의 순간에는 거의 예외 없이 지금 가지고 있는 불안전한 안정을 던져 버리고 새로운 길로 들어서는 결단이 있었음을 말해준다. 본능 말고 본성을, 성장 말고 확장을, 두꺼워지는 삶 말고 단단해지는 대나무의 삶을 따르라고 조언한다. 삶은 지금이며, 생명의 출렁임이며, 거친 호흡이며, 구름처럼 불완전한 끊임없는 변이라며 그래서 인생이 흥미로운 것 아니겠냐고 말한다. 어제보다 아름다운 오늘을 살고 싶은 우리 모두가 이 마지막 편지의 수신인이다.

> 그 돌아섬, 그것은 포기나 실패가 아니다. 내가 아닌 것을 버림이 곧 모험이 시작되는 출발점이 되는 것이다. 버리지 못하면 얻을 수 없다. 너는 미래의 안정을 버리고 '하고 싶은 떨림을 찾아 나서지 않겠느냐?'
>
> 구본형, 《구본형의 마지막 편지》

독일인들은 한 인물이 큰 족적을 남기고 세상을 뜨면 애도사에 꼭 쓰는 말이 있다. "그는 자신의 삶을 살았습니다(Er hat sein Leben gelebt)." 요컨대 죽은 자로 살지 않았다는 뜻이다. 아프리카 스와힐리족은 사람이 죽어도 누군가 기억하는 한 '사사Sasa'라 하고, 아무도 기억해 주지 않으면 비로소 진짜 죽었다는 뜻에서 '자마니Zamani'라고 한다고 한다. 구본형이라는 이름은 우리 곁에 오래도록 '사사'로 기억될 것이다. '변화경영전문가'가 아닌 '변화경영사상가'로 말이다.

숙소로 돌아와 남겨두었던 팩소주 두 개를 혼자 비웠다.
흠모했던 한 남자를 애도하는 나만의 방식이었다.

이 책과 함께 읽으면 좋은 책들

"구본형이 남긴 책"

조용한 혁명가이자 스승이며 친구였던 그가 59세가 되던 작년 4월에 암으로 세상을 떠났다. 이제 더 이상 그의 신간을 만날 수 없다. 어제보다 아름다운 오늘을 살고 싶은 우리들을 독자로 한 그의 책들만이 남아 있다.

《익숙한 것과의 결별》 : 그가 대중을 상대로 처음 쓴 이 책의 초판이 나온 1998년 4월은 우리나라가 IMF 경제위기를 막 넘기고 있던 힘겨운 시기였다. 저마다 옆구리에 절벽을 갖고 살던 시절이었다. 그가 20년간 일했던 IBM에서 나와 6개월 만에 써내려갔다는, 일종의 출사표 같았던 이 책은 IMF 시절 우울한 직장인들의 가슴에 비수처럼 꽂혔다.

《구본형의 마지막 수업》 : 그가 암과 싸우며 마지막까지 방송했던 EBS FM 라디오 〈고전읽기〉를 책으로 엮은 것이다. '나를 만든 세계문학고전 독법'이라는 부제처럼 고전은 나를 바꾸는 지독한 유혹이자 삶에 기쁨을 쏟아 주는 위대한 이야기라며 고전을 주목하자고 말한다.

《나는 이렇게 될 것이다》 : "나를 다 쓴 삶을 사는 것, 삶을 시처럼 사는 것, 내 삶을 최고의 예술로 만드는 것, 그것이 자기경영의 목적이다." 가장 활발하게 집필과 강연, 교육을 하던 2002년부터 2013년 세상을 떠날 때까지 썼던 그의 변화경영사상의 대표작 60편을 선별한 유고작 모음집이다.

틈이 있어야
진짜 인생이라네

《틈》
오쇼 라즈니쉬
큰나무
2004

"가리키고 있는 달은 쳐다보지 않고 왜 손가락만 바라보는가?" 사람들은 오쇼 라즈니쉬가 갖고 있던 90대의 롤스로이스 자가용과 여자들, 그리고 그의 손가락만 보고 있었다. 그가 미국 오래곤 주의 붉은 사막에서 공동체를 열었을 때도 세계 각국에서 몰려온 기자들은 그의 영성과 빛에 주목하기보다는 재산과 여자에 더 많은 관심을 보였다. "내 90대의 롤스로이스에 관심이 있는 것은 바로 너희들이다. 너희들은 내가 롤스로이스를 단지 1대만 가졌더라면 관심조차 주지 않았을 것이다. 하지만 내게 90대가 넘는 롤스로이스가 있기 때문에 너희들은 지금 전 세계에서 지금 여기, 이곳까지 왔다. 내가 너희에게 말해 줄 수 있는 것은 명상하라는 것과 지금 여기, 바로 이 순간에 살라고 하는 것이다."

1931년 인도의 쿠츠와다에서 출생한 라즈니쉬는 어린시절 반항

적이고 독립적인 정신의 소유자였으며, 남들로부터 주어지는 지식이나 신념에 기대기보다는 스스로 진리를 체험하고자 했다. 21세에 자푸르의 한 공원 마울슈리 나무 아래서 깨달음을 얻고, 사가르 대학을 수석으로 졸업한 뒤 자발푸르대학에서 9년간 철학교수를 지냈다. 인도 전역을 돌아다니면서 수많은 사람들을 대상으로 강연을 하고 전통적인 신념에 의문을 던지면서 광범위한 독서를 통해 현대인의 신념체계와 철학에 대한 이해를 넓혔다. 그는 하루에 기본적으로 6권의 책을 독파하는 독서광이었고, 의학서적에서 만화책에 이르기까지 모든 종류의 책을 난독했던 걸로 유명하다. 또한 강의 끝부분에 들려주는 유머를 위해서 제자들끼리 〈뉴스위크〉나 〈타임즈〉 등에서 전 세계의 유머를 모아 정리하는 팀이 만들어지기도 했다. 사람은 웃음을 통해 마음을 돌이키지 설득을 통해 바뀌지 않는다는 것을 그는 누구보다 잘 알고 있었다.

지혜로운 자는 순간순간을 산다. 그의 삶은 하늘에 떠가는 흰 구름처럼 자유롭다. 목적을 향해 가지도 않고, 어느 곳에 머물지도 않는다. 삶의 진정성은 목적지에 있지 않다. 진정한 것은 그 과정의 아름다움에 있다. 그것은 여행 그 자체다. 모든 것은 여행이며, 흰 구름의 길이다. 그는 세상에서 살아가되, 세상에 소속되지 않는 자유인이다.

현대인들은 과거의 낡은 전통과 현대 생활의 온갖 욕망에 짓눌려 있기 때문에 깊은 정화 과정을 통해 무념의 이완 상태에 이르러야 한다고 그는 말했다. 그런 의미에서 그는 모든 전통을 거부했다. "나는 완전히 새로운 종교적 의식의 출발점이다. 나를 과거와 연결시키지 말라. 과거는 기억할 가치가 없다."

라즈니쉬는 그리스인 조르바와 붓다를 합친 '조르바 붓다'를 신인류의 이상형으로 꼽았다. 세속의 즐거움을 한껏 누리는 동시에 세속에 물들지 않는 내면의 평화를 겸비한 사람, 그가 '조르바 붓다'이다.

1990년 1월, '바다와 같이 무한하다'라는 의미의 오쇼 라즈니쉬라는 이름을 남기고 영혼의 근원인 우주의 웃음바다로 돌아갔다. 푸나에 있는 그의 대규모 공동체(아쉬람)는 영적 성장을 위한 메카가 되었으며, 이곳에서 이루어지는 명상, 치료, 창조적 프로그램 등에 참가하기 위해 전 세계로부터 해마다 수천 명이 방문하고 있다. 600여 권이 넘는 그의 강연집은 각 나라의 언어로 번역되어 세상을 떠난 지금 이 순간에도 그의 가르침을 전하고 있다.

세계적인 선풍을 일으킨 구루였지만 그를 지탄하고 배격하는 여론도 만만치 않았다. 배척자들은 그를 섹스 교주, 종교 사기꾼으로 비난했다. 그는 특유의 공격적인 언행으로 가는 곳마다 파문을 일으켰고, 대담한 기독교 비판과 명상 프로그램은 큰 쇼크였다. 결국 그는 미국에서 추방되고 국제적인 기피인물이 되었다. 후에 그의 죽음과 관련해서 미국이 그에게 서서히 죽는 약물을 투여했다는 '독살설'까지 나왔다.

'오쇼 라즈니쉬가 전하는 삶의 연금술' 이라는 부제를 달고 있는 《틈》은 현대 과학과 심리학에 지대한 영향을 미친 영성과 철학의 총체적 결정물이라 할 수 있다. '붓다 조르바'로 알려진 그의 통찰력의 정수를 보여주는 책이다. 이 책은 독자들로 하여금 삶을 풍요

롭게 하고 몸과 마음과 영혼이 결합한 새로운 존재로 거듭날 수 있는 가능성을 제시하고 있다.

모든 사물은 적당한 틈새가 있어야 좋다. 나무가 빽빽하면 잘 자라지 못하는 것처럼, 지식도 가득 차면 영감이 들어설 틈바구니가 좁아진다. 《틈》은 답답한 지식으로 범벅이 되어 있거나, 깔끔하고 정숙한 단어들의 나열만으로 생기를 떨어뜨리는 여느 책들과 다르다. 완전히 다른 어법을 구사하며 라즈니쉬 특유의 광설이 쏟아지는 틈이 많은 책이다.

> 두려워하는 사람은 좀처럼 실수하지 않는다. 그들은 잘못을 저지르는 대신, 텅 빈 삶을 살아간다. 그들은 존재를 위해 어떤 것도 기여하지 않는다. 이 땅에 와서 무료하게 있다가 죽는 게 그들이 하는 전부이다.
>
> 오쇼 라즈니쉬, 《틈》

아홉 번 실패했다면 아홉 번 노력한 것이라는 말이 있다. 라즈니쉬는 결코 실수나 실패를 모르는 사람을 믿지 말라고 말한다. 그런 사람들은 무난한 일, 혹은 별 볼일 없는 일만 해온 사람들이다. 뛰어난 사람일수록 많은 실수를 저지른다. 진짜 위험한 것은 아무것도 하지 않는 것이다. 《보랏빛 소가 온다》로 유명한 세스 고딘은 70명의 부하 직원 가운데 가장 뛰어난 3명이 입사 후 아무런 실수를 저지르지 않았다는 것을 발견하고 그들에게 이렇게 말했다. "자네들이 앞으로 2주 안에 커다란 실수를 저지르지 않는다면 나는 자

네들을 해고할 걸세."

만일 활시위를 계속해서 팽팽하게 해 놓으면, 활은 그 신축성을 잃게 되어 아무 쓸모가 없어진다. 느슨하게 해 두었다가 필요할 때 조여야 탄성이 생기는 법이다. 어쩌면 인생의 진실은 사람과 사람 사이, 혹은 시간과 시간 사이에 틈이 존재하는지 모른다. 그 틈 사이에서 웃고, 울고, 희망하고, 절망한다. 그러다가 그 틈이 점점 더 벌어져 초조해 하다가 결국 틈 아래로 낙하를 하는 것이다. 그러니 서둘러 책장을 넘길 일이 아니라 행간에 놓여 있는 침묵에 오래 머무르는 게 좋을 듯 싶다. 그게 이 책을 읽는 독법이다.

이 책과 함께 읽으면 좋은 책들

"라즈니쉬 vs 크리슈나무르티"

미국 작가 탐 로빈스는 20세기를 대표하는 영적 스승 오쇼 라즈니쉬를 예수 이후에 가장 위험한 인물로 평가했고, 인도의 〈선데이 미드데이〉는 인도의 운명을 바꾼 열 명의 위인들 중에 간디, 네루, 붓다와 더불어 라즈니쉬를 선정했다. 그가 남긴 가장 큰 공적 중의 하나는 서구인들을 명상의 세계로 이끌었다는 점이다. 삶의 허구와 진리의 세계, 존재의 본질을 꿰뚫는 깊은 통찰력을 바탕으로 한 명강의로 전 세계 젊은이들에게 새로운 의식 혁명과 깨달음의 세계를 열어 보였다. 《삶의 길 흰구름의 길》, 《조르바 붓다의 혁명》, 《반야심경》, 《오쇼 자서전》 등의 저서가 있다.

지두 크리슈나무르티는 달라이 라마가 '이 시대 가장 위대한 사상가'로 추앙

했고, 법정 스님을 감동시켰고 혜민 스님을 승려의 길로 이끌었다고 알려진 세계적인 사상가이다. 열세 살 때 신지학회에 의해 발탁되어 영국에서 교육을 받았다. 그러나 그는 메시아적인 이미지를 단호하게 거부하면서, 자신의 주위에 구축되어 있던 크고 부유한 조직인 '동방의 별'을 극적으로 해체했다. 크리슈나무르티는 자신에게 덧씌워지는 구루로서의 지위를 한사코 거부했다. 권위를 내세우지 않았고, 제자를 원치도 않았으며, 늘 개인 대 개인 형식으로 강연을 했다. 《크리슈나무르티의 마지막 일기》, 《아는 것으로부터의 자유》, 《자기로부터의 혁명》, 《진리에 대하여》 등의 저서가 있다.

누군가 배를 곯으면 당신은 행복할 수 없다

《왜 세계의 절반은 굶주리는가?》

장 지글러

갈라파고스

2007

콜카타에서 인도의 가난을 만났다. 기차시간에 쫓겨 택시를 타고 지름길로 달리다 지나쳐 간 이름모를 슬럼가는 집과 사람이 함께 쓰러져 가고 있었다. 역에 도착하자 이번에는 한 무리의 아이들이 '박시시!'를 외치며 맨발로 앞을 가로막는다. 요란한 외침으로 손바닥을 내미는 것과 달리 아이들의 눈동자는 한결같이 허망하고 공허하다. 아이들이 내 곁으로 오지 않도록 굳은 표정을 하고 다른 곳으로 시선을 두는 일이 영 어색하고 불편하다. 여자들은 빈손으로 돌아온 아이의 등을 후려치며 관광객들 앞으로 다시 아이들을 내몬다. 축복받은 땅일수록 저주받은 땅이고, 풍요로운 곳일수록 굶주림이 많은 곳인가, 세상의 거의 모든 신이 깃들어 사는 이곳 인도에 거의 모든 가난과 비참함이 동거하고 있는 이 아이러니를 어떻게 이해해야 할지 당혹스럽기 그지없다.

그들은 모든 꽃들을 꺾어 버릴 수는 있지만
결코 봄을 지배할 수는 없을 것이다.

장 지글러의 《왜 세계의 절반은 굶주리는가?》는 '120억의 인구가 먹고도 남을 만큼의 식량이 생산되고 있는데 왜 하루에 10만 명이, 5초에 한 명의 어린이가 굶주림으로 죽어가고 있는가?' 하는 물음으로부터 시작한다. 그는 남는 것이 없어 사람을 못 먹이는 게 아니라 자본주의 시스템의 잔인한 법칙이 그 원인이라고 말한다. 그 뒤에는 신자유주의와 시장원리주의 또는 세계를 지배하는 초국적기업과 금융자본의 폐해가 도사리고 있다. 기아의 현장에서 듣고 본 살인적인 세계질서에 대한 적나라한 모습을 이론서도 아니고 그렇다고 허구도 아닌 '논픽션' 형태로 가감 없이 전달한다.

초판이 나온 게 1999년이고, 국내에 처음 번역된 게 2007년이다. 2007년은 세계화와 신자유주의에 대한 장밋빛 환상으로 넘쳐나던 시기였다. 그때 이런 분위기에 딴지를 걸었던 대표적인 책이다. 아버지와 아들 간의 대화로 가독성을 높인 구성으로 청소년 추천도서로 많이 소개되었고, 젊은 독자층의 마음을 흔들면서 우리 독서계에 잔잔한 파문을 몰고 왔다.

장 지글러는 스위스 제네바대학 교수이자 그가 직접 설립한 제3세계 사회학 연구소가 있는 프랑스 소르본대학 명예교수다. 유엔 인권위원회 식량특별보좌관으로 아프리카와 남아시아, 남아메리카를 샅샅이 누비고 다닌 자신의 경험을 살려서 불합리하고 살인적인 세계질서 이론에 대한 생생한 증언을 쏟아내고 있는 학자이며 지식인이며 활동가이다.

2005년 기준으로 열 살 미만의 아동이 5초에 1명씩 굶어 죽어가고 있으며, 비타민A 부족으로 시력을 상실하는 사람이 3분에 1

명꼴이다. 세계 인구 70억 명 중에서 15억 명은 비만으로 골머리를 앓고 있는 반면에 세계 인구의 7분의 1에 해당하는 9억 2000만 명은 만성 영양실조 상태에 있다. 120억 명의 인구가 먹고도 남을 만큼 식량은 풍부하지만 가난한 사람들은 이를 확보할 경제적 수단이 없다. 세계시장에서 농산품의 가격은 투기의 영향을 받지만, 가난한 나라 사람들이 높은 식량가격을 감당할 수 있을지는 투기꾼들의 관심 대상이 아니다. 부자나라들 역시 자국의 농민들에게 최저가격을 보장한다며 남아도는 농산물을 폐기처분하거나 생산을 제한한다. 식량가격이나 생산량 결정, 식량의 공평한 분배에 구호기구는 속수무책이다. 오직 잔인한 세계시장만이 힘을 갖고 있다. 이들 뒤에는 배고픔을 무기로 삼는 자들이 있다. 칠레 대통령 살바도르 아옌데는 영양실조에 시달리는 아이들에게 매일 0.5 *l*의 분유를 무상으로 배급하겠다는 국민과의 약속을 지키지 못했다. 제값을 주고 사겠다는데도 분유 시장을 독점하고 있던 다국적 기업 네슬레가 사회주의 개혁정책으로 미국기업의 이익이 침해받는 것을 꺼렸기 때문이다. 개혁정책을 실현시키고자 했던 아옌데는 미국의 지원을 받은 군부의 쿠데타 세력에 의해 대통령궁에서 최후를 맞는다. 부르키나파소의 젊은 장교 토마스 상카라도 인두세 폐지와 토지 국유화로 4년 만에 식량을 자급자족하게 만들었지만 역시 프랑스의 사주를 받은 친구에게 살해당했다.

인간의 얼굴을 내다버린 시장원리주의 경제와 폭력적인 금융자본이 세계를 불평등하고 비참하게 만들고 있다. 약육강식의 세계질서 아래에서 '암살'에 가까운 기아가 발생하고 있다. 이 책은 소수가 누리는 자유와 복지의 대가로 다수가 절망하고 배고픈 세계는 존속할 희망과 의미가 없는 폭력적이고 불합리한 세계라고 말한다. 기아의 문제를 시장의 자율성을 맹신해 정글 자본주의에 그냥 방치하는 것은 불합리하다 못해 죄악이라고 규정한다. 고통으로 가득 찬 세계에 행복의 영토는 없다. 우리는 인류의 6분의 1을 파멸로 몰아넣는 세계질서에는 동의할 수 없다. 기아에 대한 인식과 관심을 새롭게 하는 작은 출발점을 넘어, 공감의 바탕 위에 '공분公憤'과 '연대連帶'를 강조하고 있다. 소수가 누리는 자유와 복지의 대가로 다수가 절망하고 배고픈 세계는 존속할 희망과 의미가 없는 폭력적이고 불합리한 세계이다. 모든 사람들이 자유와 정의를 누리고 배고픔을 달랠 수 있기 전에는 지상에 진정한 평화와 자유는 존재하지 않을 것이다. 서로에 대해 책임을 다하지 않는 한 인간의 미래는 없을 것이다. 이제 모두가 인간다운 삶을 살고 인간적인 지구를 만들기 위해 한 걸음만 더 앞으로 나가면 된다. 그리고 인간을 인간으로서 대하지 못하게 된 살인적인 사회구조를 뒤엎어야 한다. 오히려 불가능한 건 이 위험천만한 자본주의 사회에서 홀로 살아남는 것이다. 그렇다면 희망은 어디에 있는가? 되풀이되는 이런 비극을 막는 것이 가능할까? 저자는 정의에 대한 인간의 불굴의 의지 속에 그 희망이 존재한다고 말한다. 다른 사람의 아픔을 내 아픔으로 느낄 줄 아는 유일한 생명체인 인간의 의식변화에 희망이 있다고 말한다.

파블로 네루다는 그것을 이렇게 표현하였다.

"그들은 모든 꽃들을 꺾어 버릴 수는 있지만
결코 봄을 지배할 수는 없을 것이다."

장 지글러, 《왜 세계의 절반은 굶주리는가?》

초판이 나오고 15년이 흘렀다. 그렇다면 지금은 상황이 나아졌는가? 세계화된 자본이 권력을 휘두르는 이 시대에 세계 71억 인구 중에서 12%인 8억 4200만 명은 여전히 기아 상태에 놓여 있거나 꾸준히 내몰리고 있는 추세다. 매일 5만 7,000명이 기아로 죽고 해마다 630만 명의 어린이들이 다섯 살이 되기 전에 죽는다. 객관적으로 보면 식량 부족은 없는데 어린이들이 굶어 죽는다. 2013년에 7,000만 명이 이런저런 이유로 죽었는데 그 가운데 2,700만 명이 기아와 영양실조로 죽었다. 이는 일상적인 대량 학살이며 인간이 저지르는 살육이다. 세네갈, 방글라데시, 온두라스, 아이티 등 지구 곳곳의 개발도상국가에서는 여전히 다수 인구가 가난의 굴레에서 저임금 노동으로 연명하고 있다. 그들의 노동은 설탕이 되고 옷이 되고 연료가 되어 우리 안방을 넉넉하게 채워준다.

브라질 북부의 판자촌에 사는 주부들은 저녁이면 냄비에 돌을 넣고 물을 끓이는 것이 습관처럼 되어 있다. 어머니들은 배가 고파서 보채는 아이들에게 "조금만 기다리면 밥이 될 거다"라고 말하면서, 아이들이 기다리다가 그냥 잠이 들기를 바라는 것이다.

기아에 허덕이는 이들은 결코 문명이 없거나, 열등해서가 아니다. 그들은 모두 훌륭한 농부였고 가정을 책임져온 부모들이다. 그들을 희생자로 만든 것은 인간의 탐욕이 만든 폭압적인 시스템이다. 정상적인 나라의 아이들과 브라질 북부의 소작농 아이들 사이의 차이는 그냥 태어난 운이 다른 것뿐이다.

니코스 카잔차키스의《그리스인 조르바》를 읽다가 이 책과 통하는 대목을 읽고 무릎을 쳤다.

주인공인 내가 수녀원으로 가다 만난 노인에게 무슨 음식을 좋아하느냐고 묻자 그 노인은 아무거나 다 좋아한다며 이것저것 골라서 먹는 건 큰 죄악이라고 대답한다.

> "안 되지요. 그럴 수는 없습니다."
>
> "왜 안 됩니까?"
>
> "굶주리는 사람이 있으니까 그렇지요."

지금 이 시간에도 지구촌 어디에선가는 매일 기아로 5만 7,000명이 죽는다는 엄혹한 사실을 우리는 종종 잊는다. 이 책은 "누군가 배를 곯으면 당신은 행복할 수 없다"는 말도 함께 잊고 있는 것은 아닌지 명치 바로 밑에서 묻는다. 손목이 아니라 팔꿈치로 쓴 책이다.

콜카타를 떠나는 날 비가 내렸다. 우산을 쓰고 비오는 콜카타를 찍겠다고 허둥대는 모습을 보고 누군가 지나가는 말로 한마디 한다.

"카메라와 사람 둘 다 젖지 않으면서 좋은 사진을 찍는 것은 불가능하다."

우산을 내려놓고 셔터를 눌렀다.

이 책과 함께 읽으면 좋은 책들

"기아를 다룬 책"

지금 이 시간에도 지구촌에서는 5세 미만의 어린아이들 중에서 1천만 명 이상이 해마다 영양 결핍이나 각종 전염병, 오염된 식수, 비위생적인 환경 때문에 목숨을 잃는다. 이 희생자들의 50퍼센트는 지구에서 가장 가난한 나라 6개국에서 발생하며, 이 수치의 90퍼센트가 남반구 국가들 42퍼센트에 집중되어 있다. 이같은 현실을 만들어 내는 자들은 제조업, 은행업, 서비스업, 상거래에 종사하는 거대 다국적 민간 기업들이다. 장 지글러의 후속작인 《탐욕의 시대》, 《굶주리는 세계, 어떻게 구할 것인가?》와 더불어 함께 읽으면 좋은 책이다.

《새로운 기아》(크리스티앙 트루베) : 정치적 기아, 기후적 기아, 전시된 기아 등 기아 문제의 다양한 형태를 드러낸다. '세계는 지금처럼 부유한 적도 없었지만 지금처럼 가난한 적도 없었다'라는 부제가 이 책의 모든 것을 말해준다.

《왜 음식물의 절반이 버려지는데 누군가는 굶어 죽는가》(슈테판 크로이츠베르거 외) : 왜 어딘가에서는 음식물이 낭비되고 어딘가에서는 먹을 것이 없을까? 전 세계에서 생산한 식량의 3분의 1이 사라지거나 낭비되고 있다. 음식물 쓰레기 문제는 단순한 처리의 문제가 아니라 식량의 문제임을 이 책은 지적한다.

《우리의 비만 그들의 기아》(리오바 바인케르트너 외) : 지구상의 모든 사람들이 먹고살기에 식량 생산량이 부족한가? 이미 우리가 알고 있듯이 실상은 그렇지 않다. 식량은 충분하다! 단지 필요한 사람들에게 골고루 나눠지지 않는 상황이 문제다.

7

다르질링

히말라야의 여왕

ADMINISTRATION &
जि ज प्रा लि
S(P)

다르질링, 앙증맞은 존재의 무거움

다르질링에 가까워질수록 급격한 기온 차이를 느낀다. 좁은 사륜 지프차에서 긴 옷을 꺼내 덧입느라 몇 번을 천정에 머리를 박았다. 운전사가 룸밀러로 하얀 이빨을 드러내며 실없이 웃어대는 것이 아무래도 장난기가 발동해 평탄한 땅을 놔두고 일부러 울퉁불퉁한 곳으로 차를 모는 것만 같아 괘씸한 마음이 든다. 그러나 잠시 후 차창 밖으로 해발 8,600m의 히말라야의 장엄한 설산을 배경으로 차밭이 펼쳐진 모습을 보고 있으려니 이 세상 풍경 같지 않은 게 이런 안복眼福이 따로 없다. 차밭을 훑고 나온 바람이 그새 길게 자란 수염을 파고 든다. 찻잎을 따는 가족의 한가로운 손길이 한 폭의 그림 같다. 차창을 활짝 열어 제치자 그들의 명랑한 웃음소리가 차안으로 금세 전염되어 들어온다. 지금쯤 청계천 길섶에는 팝콘 튀겨 놓은 듯 하얗게 조팝나무꽃이 피었을 것이고, 남쪽 차밭에선 참새 혀 같은 여린 찻잎이 우우우 돋고 있을 것이다.

아름다움
그 아득한 이상

《리큐에게 물어라》
야마모토 겐이치
문학동네
2010

다르질링 한복판에는 작고 앙증맞은 초우라스타 광장이 있다. 여기도 사람 반, 개 반이다. 늘어지게 낮잠을 즐기는 개들이 광장 한가운데를 차지하고 있고, 그 사이를 떠나는 사람과 돌아온 사람들이 뒤섞여 무성영화의 한 장면처럼 느릿느릿 오간다. 광장이긴 하지만 프랑스, 모스크바, 혹은 아바나의 '혁명광장'과는 사뭇 다른 분위기다. 영웅과 신들의 동상 앞으로 분수가 터지고 경배에 들뜬 관광객이 꽃을 바치는 그런 곳이 아니다. 폭동의 피나 우람한 합창과도 거리가 멀다. 대신 광장 벤치 어디에서도 경탄을 자아내는 히말라야의 장관을 쳐다볼 수 있다는 것이 광장을 초라함에서 건져준다. 하지만 그마저도 대개는 여행자의 몫이다. 이곳 사람들은 히말라야조차도 그저 무심한 모양이다. 하긴 "파리가 아름다운 건 우리가 그곳에 머물 수 있는 날이 사흘밖에 없기 때문이다"라는 말도 있긴 하지만.

광장 한복판에 유명한 홍차가게가 있다길래 들어가 보았다. 그러나 맛도 맹탕이고, 햇빛도 맹탕이고, 여행자도 맹탕이다. 아무리 이름난 홍차라도 마시는 사람의 마음이 맑음과 고요와 거리가 멀다면 그건 그냥 물맛에 불과할 것이다. 건성으로 차 맛을 느끼느니 차라리 익숙한 원두커피가 낫겠다 싶어 카페를 찾아 광장으로 나섰다.

《리큐에게 물어라》는 다도의 명인 센 리큐와 전국시대 통치자 도요토미 히데요시의 실화에 독자적인 해석과 드라마를 가미한 장편소설이다. 이 소설을 읽은 것이 어느 해인지는 정확히 모르겠다. 단지 여수 오동도에서 동백꽃이 흘리는 빨간 눈물을 처연하게 바라보았던 3월쯤이라고만 기억한다. 섬진강 줄기따라 올라오는 전라선 열차 안에서 붉은색 동백꽃 한 송이가 막사발 같은 찻잔에 담겨 있는 표지를 넘기며 책을 읽었던 기억이 희미하다.

천부적인 미적 감각과 무서울 정도로 압도적인 재능을 가진 센 리큐는 오로지 아름다움 앞에서만 머리를 조아리는 사내다. 천하제일 다도茶道의 명인으로 '미의 화신'이라 불렸다. 한 치도 굽히지 않는 그의 성정은 결국 당대의 무소불위의 권력자 히데요시의 심기를 거스르기에 이른다. 미를 마음대로 부르고 미의 정점에 군림하는 리큐를 히데요시는 용납하지 않았다. 결국 죽음을 하사한 히데요시에 의해 리큐는 할복으로 생애를 마감한다. 천하를 움직이는 것은 무력과 금전만이 아니다. 아름다운 것에도 힘이 있다. 리큐에게는 아름다움이야말로 절대 권력 그 이상이었다.

다도의 세계는 복잡다기하다. 다도에는 보통 사람이 잘 모르는 격조와 법도가 있다. 그러나 한편으로는 사람의 마음을 미치게 하는 마성이 숨어 있다. 다도에 탐닉하면 자칫 자기를 잊고 욕심과 허영에 빠지기 쉽다. 작가는 깊고 오묘한 '차의 달인' 리큐의 다도를 다음과 같이 묘사한다.

> 소박한 풍경 속에서도 관능적인 풍윤함이 있는 독자적인 다도의 세계를 만들 수 있었다. 화려하게 장식하는 것도 아니고, 또 짐짓 소박함이나 고담한과 처연함을 추구해 한적함을 만들어내는 것도 아니었다.
>
> 야마모토 겐이치, 《리큐에게 물어라》

이 소설은 구성이 특이하다. 리큐의 삶을 거꾸로 펼쳐 보인다. 가까운 과거가 가까이, 먼 과거가 멀리 배치되어 있다. 그러나 작가의 섬세한 구성력으로 인해 책읽기에 하등의 지장을 받지 않는다. 아름다움이라는 그 아득한 이상에 도달하고자 했던 한 사내의 불꽃같은 열정과 형언할 수 없는 슬픔을 서늘한 방식으로 풀어낸다. 벚꽃이 분분하게 지는 봄날 밤에 박차薄茶(연하게 탄 차) 끓는 소리를 들으며 읽기에 제격인 소설이다. 새벽 여명이 창가에 올 때쯤이면 신은 어찌하여 밤과 책을 같이 주셨는지 원망스러운 생각이 들지도 모른다.

이 책과 함께 읽으면 좋은 책들

"나오키상 수상작품"

일본에서는 아쿠타가와상과 더불어 가장 권위 있는 문학상으로 나오키상이 꼽힌다. 아쿠타가와상이 순수문학에 수여되는 반면, 나오키상은 주로 대중 작가의 통속 소설에 수여된다. 시바 료타로의 《올빼미의 성》, 아사다 지로의 《철도원》, 오쿠다 히데오의 《공중그네》 등 많은 나오키상 수상작이 우리나라에 번역되어 읽히고 있다.

《용의자 X의 헌신》(히가시노 게이고) : 제134회 나오키상 수상작으로 일본 미스터리 소설사 이래 최초로 3개 부문 베스트 1위를 기록하는 등 문학성과 대중성을 모두 인정받았다. 일본에서 니시타니 히로시 감독이 원작 소설을 영화화 했고 우리나라에서도 영화 및 연극으로 만들어졌다.

《애도하는 사람》(텐도 아라타) : 제140회 나오키상 최종심사에서 관례를 깨고 공동수상이라는 이례적인 일이 일어났다. 심사위원들이 심사 결과 발표 시간을 넘기면서까지 치열한 논의를 했지만 끝까지 경합을 벌인 텐도 아라타의 《애도하는 사람》과 야마모토 겐이치의 《리큐에게 물어라》 중 그 어느 쪽도 버릴 수가 없었기 때문이었다.

《누구》(아사이 료) : 2013년 나오키상 수상작으로, 취업활동을 모티브로 SNS 시대 젊은이들의 자화상을 그린 화제작이다. 작가 아사이 료는 이 작품으로 최연소 나오키상 수상자가 되었다. 이 시대 청춘들의 가슴 서늘한 자기 고백으로 들리는 마지막 30여 페이지가 압권이다.

끌리거나
혹은 떨리거나

《끌림》

이병률

달

2010(개정판)

이병률과 은희경을 유난히 좋아하는 사람이 있었다. 그들의 신간이 나올 때마다 내 책상에 책들을 떨구고 돌아서는 그녀의 뒷모습에서 바스락거리며 책장 넘어가는 소리가 나곤 했다.

은희경은 내게 18년 전 쯤 그녀의 첫 소설 《새의 선물》로 기억된다. 선데이 서울, 대한뉴스, 가스명수, 신성일, 도시락 혼식검사, 국민교육헌장 등 60~70년대의 세태 속을 가로지르던 비밀 가득한 열두 살 소녀 진희가 나오는 소설이다. 반면 이병률은 책 선물을 받고 나서 알게 된 이름이다. 시인이자 방송국 구성작가인데 여행을 하며 사진을 찍고 산문을 쓴다는 걸 알았다. 그러니까 은희경이 초등학교 시절 가깝게 지냈지만 성인이 돼 재회해 어색한 악수를 나눈 사이라면, 이병률은 뒤늦게 사회에 나와서 알게 되었지만 적어도 일주일에 한 번은 아파트 근처 포장마차에서 조개구이를 뒤집으며 소주를 나눠 마시는 사이라고나 할까.

한동안 이병률의 《끌림》이라는 책 제목을 '떨림'으로 잘못 기억하고 주위에 '떨림'이라고 잘못 소개한 적도 있는 것 같다. (혼란스러웠을 그들에게 미안하다) 어쨌든 그의 여행 산문은 끌려서 떨리는 것인지 아니면 떨려서 끌리는 것인지 모르겠지만, 끌리기도 하고 떨리기도 하며 감성을 울림으로 후려치는 묘한 매력이 있다. 먼 곳에 시선을 두고 있는 여행자, 눈을 감고 있는지 뜨고 있는지 알 수 없는 사람들, 얼굴보다 뒷모습이 더 크게 나오는 쓸쓸한 남자들의 표정이 박힌 사진들한테 자주 마음을 빼앗겼다. 솔직히 말하면 그의 온화하고 달콤한 문장을 시샘한 적도 많다.

> 사랑해라, 시간이 없다.
> 사랑을 자꾸 벽에다가 걸어두지만 말고 만지고, 입고 그리고 얼굴에 문대라.
> 사랑해라, 정각에 도착한 그 사랑에 늦으면 안 된다.
>
> 이병률, 《끌림》

책에는 인도에 도망 온 히로카즈라는 이름의 일본 여자 이야기가 있고, 파리를 제일 여행하고 싶다고 서슴없이 말하는 파리지엥의 이야기도 나온다.

> "네가 제일 여행하고 싶은 곳이 어디야?"
> "응, 파리."

"너 파리지엥 아냐?"

"맞아, 그래도 난 여전히 파리를 여행하고 싶어."

파리를 여행하고 싶은 파리지엥이라니. 나도 돌아가면 서울지엥이 될까. 정독도서관 벤치에 앉아 벚꽃 날리는 것을 바라보다가 삼청공원으로 해서 서울 성곽길로 길을 잡아도 좋을 것이다. 달빛이 좋을 때는 창덕궁도 괜찮을테고.

여행지에 대한 정보나 친절한 안내 따위는 처음부터 없는 것이 여행가이드북으로는 꽝이다. 대신 사람과 사랑과 삶이 그 자리를 차지하고 있다. 첫 장을 넘기는 순간 당신도 이 책에 끌릴 것이다. 나는 "술을 마시면 기분이 좋아지면서 솔직해지는 것이 바보가 되기 때문이다"라는 문장을 냉장고에서 맥주를 꺼내며 읽었다. 술도 함께 끌리게 하는 묘한 책이다.

인도 여행은 자주 멈추고 자꾸 뒤돌아보게 만든다. 이름 모를 역을 지나칠 때마다 낯선 전율과 흥분이 눈을 찌른다. 발걸음은 더뎌지고 감상은 농밀해진다. 옆자리가 비어 있는 것을 볼 때는 새삼 외로움이 더해지는 게 기어코 휴지 한 장을 더 꺼내 빈자리까지 닦아낸다. 그러나 하나는 적지만 둘은 너무 많은 게 여행 아닌가. 때론 비어 있는 자리가 더 많은 말을 건넨다. 빈자리와 대화를 나누는 것에 익숙해지는 게 여행이다. 불안과 주저와 한숨이야말로 살아있다는 증거이니, 그럴 때마다 나는 앞으로 걸어 나갔다.

숙소에서 약 11km 떨어진 곳에 해발 2,590m의 봉우리 겸 전망대인 타이거 힐이 있다. 그곳에 가면 다르질링에서 가장 멋진 일출을 볼 수 있고, 운이 좋으면 세계 최고봉인 에베레스트(8,848m)는 물론, 세계 3봉인 칸첸중가(8,598m)의 위용을 감상할 수 있다는 말에 새벽 4시 반에 지프를 타러 숙소를 나왔다. 점퍼까지 꺼내 입었는데도 은근히 춥다. 산속이라 그런지 히말라야에서 불어오는 새벽공기가 차속을 비집고 들어와 몸을 움츠러들게 만든다. 이 많은 차량들과 사람들이 그동안 어디에 숨어 있다 나온 건지 도무지 발 디딜 틈이 없다. 뜨거운 짜이 한 잔으로 몸을 녹이며 여명 속에 희뿌옇게 보이는 히말라야를 바라보았다. 신이 서서히 물감을 풀어놓기 시작한 것인가. 잠시 후 히말라야가 조금씩 모습을 보이기 시작하자 여기저기서 환호성이 터지기 시작한다. 사람은 도착한 곳에서 새로운 출발을 하고 싶어 여행을 하는지도 모른다. 설산의 두께를 녹이는 것은 햇빛과 바람이 아니고 인도와 네팔 사람들의 평화로운 미소와 여행자들의 기대에 찬 웃음이다.

후지와라 신야는 《인도방랑》에서 히말라야 산기슭의 데라둔이라는 도시에 갔을 때의 일화를 소개하고 있다. 호텔주인은 만약 히말라야를 등반할 거라면 다른 호텔로 가달라고 말하자 신야가 왜 히말라야에 오르면 안 되느냐고 묻는다. 그 호텔주인은 "히말라야는 사람이 오르는 산이 아니다. 세계 각국의 등반객들이 많은 돈을 들여 찾아오지만 설령 정상에 올랐다고 해도 그걸로 산을 정복했다고 생각하면 큰 착각이다"라고 대답한다. 내가 봐도 히말라야는 사람이 오를 산이 아니다.

그대들의 여행이 평안하시길

그대들의 꿈도 저 설산처럼 부서지지 말고 온전하시길

나마스떼

네팔과 국경을 맞대고 있는 카카르비타로 향했다. 산이 보였다가 숲이 나타나기를 수없이 반복한다. 이름을 알 수 없는 큰 나무들이 하늘을 향해 쭉쭉 뻗어 있다. 한 떼의 청년들이 울타리도 없는 터무니없이 드넓은 녹색의 들판에서 축구를 하고 있다. 이젠 국경도 디지털로 지키는 시대인가. 철조망도 없는 간이초소의 한가한 경비병 손에 소총 대신 스마트폰이 들려있다. 여권을 열어 보거나 검문을 하는 절차도 따로 없다. 이렇게 국경을 건너다니 어쩐지 좀 싱겁다. 조금 더 가니 출입국사무소가 나타난다. 그곳에서 비자를 받고 네팔로 들어가야 한다.

소설가 장정일의 어린 시절 꿈은 동사무소의 하급 공무원이 되어 아침 9시에 출근하고 오후 5시에 퇴근하여 집에 돌아와 발 씻고 침대에 드러누워 새벽 2시까지 책을 읽는 것이었다. 제롬 데이비드 샐린저 소설《호밀밭의 파수꾼》에 나오는 열일곱 살 소년 홀든 콜필드는 넓은 호밀밭의 깎아지른 절벽 앞에서 수 천 명의 아이들이 마구 뛰어놀다가 절벽이 있는 것도 모르고 그쪽으로 갈 때면 달려나가서 아이들을 붙잡는 '호밀밭의 파수꾼'이 되고 싶어 했다.《보봐리 부인》을 쓴 귀스타브 플로베르가 열두 살 우울한 시절에 가졌던 가장 큰 꿈은 루앙을 떠나 이집트로 가서 낙타를 모는 사람이 되어, 하렘에서 코밑에 솜털 자국이 있는 올리브빛 피부의 여자에게 동정童貞을 잃는 것이었다.

그럼 나는 뭐가 되고 싶었지. 허술하지만 평온한 국경마을의 출입국사무소 입국 심사 관리가 되어 말끔한 갈색 제복을 입고 작은 합판 초소에 들어앉아 있는 상상을 해본다. 이윽고 업무가 시작되면 들리지 않게 낮은 콧노래를 흥얼거리며 가난한 여행자들의 두툼한 여권에 파란색 잉크를 묻힌 스탬프를 호기 있게 찍어 주며 "노 프러블럼, 해브 어 나이스 트립" 하고 명랑하고 큰 목소리로 말해 주는 거다. 그러면 일순간 긴장하고 있던 그들의 어깨가 펴지고 굳었던 얼굴이 밝아지는 것을 수줍게 지켜보면서.

그나저나 저들은 아까부터 느릿느릿 여권을 보고 또 들여다보고 들춰보고 있다. 여권속에서 무슨 보물지도라도 찾으려는 것인지 답답해 속이 터질 지경이다.

국경도시 특유의 설익은 로맨스에 대한 기대도 있을 법 하건만 오후 4시에 카카르비타를 출발한 버스는 무심하게 내리 14시간을 달려 다음날 새벽 6시에 카트만두에 도착했다. 그나마 어설픈 간이 정류소마저 없을 때에는 차이 스톱(차를 마시거나 화장실에 가라고 잠시 정차하는 것)을 한 틈에 별빛에 의지해 멀지도 가깝지도 않은 적당한 위치를 찾아 눈치껏 급한 생리적인 문제를 해결해야 한다. 어둠 속에서 허리춤을 풀고 여밀 때마다 찬 공기가 가져오는 작은 진저리가 가여운 여행자의 몸을 움츠러지게 만든다. 자칫 우물쭈물하다가 차가 떠나버리면 어딘지도 모르는 낯선 시골 땅에 오도 가도 못하는 가련한 신세가 되고 말 것 같은 불안감에 서둘러 왔던 길을 되짚어 나온다.

국경을 넘어 얼마나 달렸는지 유난히 별이 높고 어둠이 짙다. 자정이 될 무렵 도착한 곳은 세워진 차들도 많고 사람들도 제법 북적이는 게 그나마 구색을 갖춘 휴게소다. 야식과 음료를 파는 임시 매점 앞에 놓인 간이테이블에 사람들이 둥그렇게 모여 앉아 늦은 저녁식사를 하느라 입들이 분주하다. 좀전까지 버스에서 휴지처럼 구겨져 죽은 듯이 잠을 자던 사람들이라고는 믿기지 않을 정도로 왕성한 식욕을 보인다. 누군가가 "인간은 기본적으로 입과 항문이고, 나머지는 다 부속기관이다"라고 했다는데, 딱 들어맞는 상황이다.

입맛을 포기한 여행자는 한적한 곳을 골라 자리를 잡으려다 들고양이의 날랜 발자국 소리에 화들짝 놀라고, 애꿎은 고양이는 여행자의 날선 반응에 낮은 비명을 토하고는 저만치 달아난다. 별 하나가 어둠의 꼬리 속에 묻혀 떨어진다. 국경의 밤은 춥고 쓸쓸하다. 식초병처럼 생긴 작은 인도 보드카 한 병을 사서 한 모금 삼켰다. 목구멍이 타는 듯하다.

이 책과 함께 읽으면 좋은 책들

"배낭 꾸리게 하는 책"

마르셀 프루스트는 "여행은 새로운 풍경을 보는 것이 아니라, 새로운 시야를 갖는 것이다"라고 말했다. 여행 트렌드 변화의 큰 흐름 속에 여행서도 진화하고 있다. 정보로 가득찬 단순한 가이드북이 아닌 정보와 감성이 결합된 스토리가 담긴 여행 에세이서부터 다양한 형식의 여행서가 쏟아지고 있다. 읽었거나 손을 뻗고 있는 몇 권의 책이 있다.

《나의 문화 유산답사기(전7권)》(유홍준) : 1990년대 초중반 전국적인 답사 신드롬을 불러일으키며 인문서 최초의 밀리언셀러를 기록한 책이다. 저자가 1권 머리말에 '아는 만큼 보이고, 보이는 만큼 생각하고, 생각하는 것만큼 누릴 수 있다'고 쓴 것처럼 가장 싼값으로 가장 비싼 휴가를 즐기기에 이만한 책도 없다.

《제주 걷기 여행》(서명숙) : 우리에게도 산티아고 못지않은 올레라는 보석 같은 길이 있음을 알려준 책이다. 2008년에 초판이 나오면서 제주 올레길 열풍에 심지를 당겼다. 이 책 읽고 제주 이민을 심각하게 고민한다는 사람들을 더러 보았다. 나도 그 중 하나다.

《여행할 권리》(김연수) : 소설가 김연수의 여행 산문집이다. 그가 1999년 도쿄부터 2007년 미국의 버클리까지, 국경과 경계를 넘어 길 위에서 만난 사람과 문학 이야기를 담았다. 마치 작가와 여행길에 동행한 듯한 착각을 불러일으키며, 책을 덮을 때쯤이면 여행할 권리와 꿈꿀 권리가 동의어로 들린다.

8

카트만두

탐험가와 몽상가들의 안식처

메뉴
고기덮밥 (소고기) 100 RS
초강추!! 매콤
무라이스 60 RS
계란 짱 맛있
고기커틀렛 70 RS
김치볶음밥 70 RS
티벳탄 빵 40 RS
간식으로 굳! 달콤
수제비 80 RS
야채계란볶음밥 60 RS
감자고로케 60 RS
계란말이 40 RS
비엔나 커피 30 RS
바나나라씨 25 RS
우유에 바나나
초콜릿볼 5 RS
SHIN RAMYUN
신라면
100

카트만두에서 만난 천 개의 찬란한 몽상가들

드디어 네팔에 도착했다. 네팔이라는 나라 이름은 산스크리트어로 '다리' 혹은 '산기슭'이라는 뜻이다. 히말라야 산맥 기슭에 위치한 이 나라에 딱 어울리는 이름이다. 탐험가들과 몽상가들의 영원한 안식처라 불리는 카트만두는 네팔의 수도다. 전 세계 산악인들의 고향이자 히말라야의 관문으로 자리매김한지 오래다. 카트만두에 오는 여행자들은 대개 타멜 거리에 숙소를 정한다. 여행자들은 여행자들을 만나서 힘을 얻는다. 여행자거리답게 없는 게 없다. 호텔, 게스트하우스, 환전소, 레스토랑, 바, 세탁소, 인터넷 카페, 여행사, 한국음식점, 편의점, 제과점 등이 들어차 있다. 이슬비가 부슬부슬 내리는 데도 불구하고 우비를 챙겨 입고 유네스코 세계문화유산인 더르바르 광장으로 향했다. 광장까지는 걸어서 불과 20분이면 갈 수 있다. 화려한 장식의 궁전과 사원이 빼곡하게 들어서 있는 광장 한편에는 골동품과 자수품 가게가 즐비하게 늘어서 있고, 그 옆에는 과일, 채소, 옷 등을 파는 장사꾼의 활기 넘치는 목소리가 넘쳐난다.

마주 데발은 외형적으로는 불교 사원이지만 실제는 힌두교 사원으로 더르바르 광장이 한눈에 내려다보이는 전망 포인트다. 이곳에 앉아 혹시라도 쿠마리를 볼 수 있을까 하는 기대감으로 건너편에 있는 쿠마리 사원을 한참 동안 내려다보았다. 쿠마리는 힌두교의 여신인 탈레주의 헌신을 뜻한다. 먼 옛날 탈레주가 인간의 모습으로 왕국에 나타났다. 여신을 극진히 모시던 왕은 어느 날 여신의 아름다움에 그만 이성을 잃고 여신을 범하려 들었고, 분노한 여신은 왕국을 떠났다. 왕은 잘못을 빌며 여신이 돌아오기를 애원했다. 여신은 직접 나타나는 대신 어린 여자아이를 택해 그녀를 자기의 분신으로 삼아 섬길 것을 명령했다. 그 여자아이가 바로 쿠마리다. 그러나 그녀가 사람들 눈앞에 나타나는 날이 1년 중 정해진 며칠 밖에 되지 않는다니 그런 기대는 애초에 접는 게 낫다 싶었다.

쿠마리로 선택받기 위한 조건은 까다롭다. '석가모니'를 뜻하는 샤카의 성을 가진 씨족에서만 배출할 수 있고, 엄격한 신체적 기준과 조건을 갖춘 두서너 살 여자아이 가운데 선발된 어린이는 다시 32개의 관문을 통과해야 비로소 쿠마리가 된다.

빛 한줌 들어오지 않는 어두운 방에 피 냄새가 진동하는 양, 돼지, 닭의 머리와 함께 어린아이를 혼자 두고, 만약 아이가 이를 무서워하거나 피하면 신성이 없다고 하여 탈락시킨다. 이런저런 어려운 관문을 통과해 쿠마리가 되면 가족을 떠나 사원에서 생활하며, 매년 9월 인드라자트라 축제 때는 이마에 삼라만상의 이치를 꿰뚫어 보는 제3의 눈을 그리고 사람들 앞에 나타난다. 이때 국왕도 그녀에게 무릎을 꿇고 축복을 구한다. 쿠마리는 숭배의 대상이며 네팔의 살아 있는 여신이다. 그녀와 눈이 마주치면 행복이 깃든다고 믿는다. 그러나 쿠마리가 피를 흘리면(월경) 신성을 잃고 하루아침에 운명이 바뀐다. 초경이 시작되면 다른 여신에게 자리를 내줘야 한다.

신성을 잃은 그녀가 갈 곳은 집밖에 없다. 그러나 쿠마리였던 소

녀가 집으로 돌아오면 가족들이 죽는다는 속설 때문에 집에서도 환영받지 못한다. 결혼을 하면 남편이 일찍 죽는다고 해서 그마저도 어렵다. 세속의 삶이 끝나는 것이다. 결국 떠돌다가 성매매를 하게 되는 경우가 많다. 그야말로 신앙과 속설의 희생양이며 아동 학대이자 인권 유린이며 여성 차별의 3박자를 모두 갖추었다. 쿠마리가 보존해야 할 전통인가 아니면 폐지해야 할 인간의 잔인한 신 만들기 놀음에 불과한 구습舊習인가에 대한 논란은 여전히 진행 중이다. 그러나 현지사회를 함부로 평가하려는 시도는 필연적으로 왜곡을 동반한다. 제멋대로의 유권해석이나 서툰 연민을 앞세우며 끌끌 혀를 차는 수준에 머무르기 십상이다. 여행자는 판단자가 아니다. 적어도 길 위에서는 관찰자일 뿐이다. 이런저런 생각을 하며 앉아 있는데 누군가가 내 앞으로 불쑥 도화지를 내민다. 관광객을 상대로 스케치를 하는 거리의 화가가 어느 틈에 내 모습을 스케치한 모양이다. 고맙다며 받으려고 했더니 알면서 왜 그러냐는 표정으로 손을 내민다. 그러면 그렇지, 세상에 공짜가 있을 턱이 있나. 500네팔루피(약 6,500원)를 내란다. 나랑 닮지도 않았는데 500루피는 너무 비싸다고 어깃장을 놓았더니 다시 그려 주겠단다. 결국 그냥 400루피로 협상을 끝냈는데, 만족스러웠는지 사진까지 함께 찍잔다. 그래서 우린 오랜 친구처럼 그렇게 어깨동무를 하고 입가엔 살짝 미소까지 연출하면서 사진을 찍었다.

빌 브라이슨이 윤회를 안다고?

《거의 모든 것의 역사》

빌 브라이슨

까치

2003

나는 빌 브라이슨을 세상에서 가장 재미있는 여행작가로 처음 만났다. 미국 애팔래치아 트레일에 도전한 저자의 경험담인《나를 부르는 숲》을 배꼽을 쥐고 방바닥을 구르며 읽었던 기억이 난다.

그런 빌 브라이슨이 엉뚱하게도 과학책을 썼다.《거의 모든 것의 역사》는 한없이 다양한 의문을 제기하는 저자가 빅뱅에서 인류 문명의 출현에 이르기까지 거의 모든 것의 이해에 도전하는 과학서이다. 무엇보다 교실에서 칸막이 쳐놓고 답답하게 배웠던 물리, 화학, 생물의 구분이 없다. 우주와 생명체의 문제, 자연과 행성의 진화 등 과학의 여러 분야에 관한 궁금증을 빌 브라이슨 특유의 유쾌하고 유머스런 문장으로 풀어내고 있다. 저자는 이 책을 쓰기 위해 3년간 전 세계의 과학자를 만나고, 현장을 답사했다. 참고문헌 소개만 11쪽에 달한다. 특히 과학자와 그들에 얽힌 에피소드를 읽다

보면 일요일 아침에 텔레비전에서 방영하는 〈신비한 TV 서프라이즈〉를 보는 것처럼 신비하고 흥미진진한 이야기가 꼬리에 꼬리를 문다.

지구 역사가 46억 년이 되었다고 하고 인류 역사는 원인류猿人類부터 시작해도 100만 년이라고 한다. 지구 역사를 1년으로 치면 인류 역사는 3초도 안 된다. 지구의 역사를 팔을 벌린 길이 만큼이라고 가정하면 인간의 역사는 손톱을 갈면 손톱 끝에서 떨어져 나오는 부스러기에 지나지 않는 셈이다. 《거의 모든 것의 역사》는 우주에 대한 논의에서 출발해서 지구, 양자론과 상대성이론, 생명, 기후와 인류의 역사에 이르기까지 과학의 '거의 모든 것'을 재기발랄한 문체로 우리에게 전해 준다.

> 우리 몸속에 있는 원자들 중의 상당수는 한때 셰익스피어의 몸속에 있었을 수도 있다. (중략) 부처와 칭기즈 칸, 그리고 베토벤은 물론이고 여러분이 기억하는 거의 모든 역사적 인물로부터 물려받은 것들도 각각 수십억 개씩은 될 것이다.
>
> 빌 브라이슨, 《거의 모든 것의 역사》

원자들은 어느 곳에나 존재하고, 모든 것을 구성하고 있으며 신기할 정도의 영속성을 가지고 있다. 수명이 아주 긴 원자들은 여러 곳을 돌아다니는데, 우리 몸속에 들어 있는 원자들은 모두 이미 몇 개의 별을 거쳐서 왔을 것이고, 수백만에 이르는 생물들의 일부였을 것이 분명하다. 우리는 정말로 엄청난 수의 원자들로 구성되어 있을 뿐만 아니라, 우리가 죽고 나면 그 원소들은 모두 재활용된다는 것이다. 내 몸속에 셰익스피어 혹은 부처님의 원자가 흐를 수도 있다니 저절로 옷깃이 여며지며 아득해진다. 과학서를 표방한 책에서 윤회를 말하는 이런 대목을 발견할 줄은 꿈에도 몰랐다. 시종일관 손에서 책을 떼어내지 못하게 하는 특유의 박진감 넘치고 유머러스한 문체가 빛을 발하는 것이 역시 빌 브라이슨이다. 제목처럼 과학에서 다뤄야 할 거의 모든 것을 빼곡하게 잘 담아낸 이 책은 이미 스티븐 호킹의《시간의 역사》이후 가장 대표적인 과학교양서 중의 하나가 되었다. 우주가 어떻게 생겨났는지, 그 우주에서 생명이 어떻게 출현했는지, 그리고 우리가 서 있는 지점이 우주의 어디쯤인지를 알려주는 책이다. 그래서 마지막 500쪽을 덮을 때쯤이면 '거의 모든 독자'가 외치는 말이 있다. "과학도 재밌네!" 과학이 지루하거나 냉정하기 짝이 없는, 그래서 '가까이 하기에는 너무 먼 과학'이라고 생각했던 사람들의 오해와 편견을 산뜻하게 벗겨주며, 미래를 살아가는 데 든든한 근육이 될 대단한 과학책들을 읽기 전에 몸풀기로 맞춤한 책이다.

독서모임에서 이 책을 읽고 주위에 추천했더니 이 책도 어렵다는 사람이 많았다. 그런 사람에게는《그림으로 보는 거의 모든 것의 역사》가 적당하다. 같은 저자, 같은 번역가가 어린이들이 쉽게 읽을 수 있도록 요약하고 그림과 사진을 곁들여 눈높이를 낮춰 다시 쓴 책이다. 물론 어른들이 읽기에도 손색이 없다.

평소 문과 출신이라 과학에는 관심이 없다거나 몰라도 된다고 생각하면 오산이다. 앞으로는 과학을 이해하지 못하면 새로운 문맹

인으로 살아야 할지 모른다. 좋은 과학책은 과학책이기 이전에 좋은 책이다. 생물학자인 최재천 교수는 학점 기계로 만족한다면 훗날 하청업자가 될지는 모르나 사회적 리더로 성공하긴 힘들다면서, 21세기를 살아가면서 자연과학을 모르고 여든 평생을 살아간다는 것은 자살행위나 마찬가지라고 말한다. 과학이 현대의 인문학인 셈이다. 방법은 하나다. 진화론도 읽고, 나노과학책도 읽고 타 분야 책까지 무섭게 읽는 수밖에 없다. 뉴튼이 말한 대로 거인들의 어깨 위에 서서 세상을 다시 보는 기분이 들 것이다.

이 책과 함께 읽으면 좋은 책들

"과학 입문책"

과학에 관심은 있지만 어렵다고 느끼는 사람들에게 그동안 과학은 딱딱하고 재미없는 분야라고 치부되어 왔다. 그러나 모든 과학책이 어렵고 재미없는 것은 아니다. 어렵지만 재미있는 책도 많다. 사실 따지고 보면 포스트모더니즘 어쩌구 하는 말보다 나노나 유전자라는 용어를 이해하는 게 더 쉬울 수도 있다. 다행스럽게 우리에게도 빌 브라이슨처럼 과학책의 보석 같은 저자들이 있다. 장대익, 정재승, 최재천 같은 이들이다. 사유는 깊고 날카롭지만 글은 쉽고 기름지다. 계절이 바뀔 때마다 최소한 한 권씩은 과학책을 읽는 아름다운 습관을 가지는 것도 좋을 듯하다.

《다윈의 서재》(장대익) : 진화학자인 장대익 교수의 과학서평집이다. 기라성 같은 과학자들을 가상 인터뷰 자리로 불러내며 현대 과학을 이해하는 데 없어선 안 될 명저들을 소개하는 솜씨가 얼마나 유쾌하고 유머스러운지 빌 브라이슨 뺨친다. 《통섭》, 《코스모스》, 《이기적 유전자》 등 소개된 56권의 책들을 모조리 읽고 싶다는 의욕이 저절로 생기게 한다.

《원더풀 사이언스》(나탈리 앤지어) : 문학적으로 뛰어난 소양을 지닌 저자가 딱딱한 교과서 형식이 아닌, 말랑말랑한 대중교양서 스타일로 물리, 화학, 진화생물학, 분자생물학, 지질학, 천문학 여행을 재미있게 펼쳐 놓았다. 인문학적 소양은 차고 넘치는데 '무지' 수준에 가까운 자연과학에 대한 지식을 갖추고 싶은 '문과적 지성인'들에게 권하는 책이다.

《친절한 과학책》(이동환) : 과학전공자가 아님에도 독학으로 과학 전문 북 칼럼니스트가 된 저자가 일반인의 눈높이에 맞춰 과학 세계를 소개하는 책이다. 1년에 100권 이상 10년간 과학 분야 책을 섭렵하며 잘 다니던 직장을 그만두고 '과학 전문 북 칼럼리스트'로 나선 저자의 경력이 이채롭다.

기러기 아빠를 울린 소설

《천 개의 찬란한 태양》
할레드 호세이니
현대문학
2007

타멜에서 택시로 20분 거리쯤에 네팔 최대의 힌두교 성지인 파슈파티나트 사원이 있다. 단지 '화장터'로만 알려져 있지만 네팔 힌두교도들에게는 인도의 바라나시와 맞먹는 종교적 위상을 지닌 곳이다. 대낮부터 시신을 화장하는 매캐한 연기에 둘러싸여 있고, 다 태워진 시신은 강물 위에 한줌 재로 뿌려진다. 삶과 죽음이 교차하는 그곳에서도 아이들은 자라난다. 시신의 입에 저승 가는 노잣돈으로 물려주는 동전이나 금붙이를 줍기 위해 강물에 뛰어드는 아이들이 거기 있다. 아이들이 차가운 물속에서 모으는 돈은 고작 20에서 30루피, 한 끼 혹은 두 끼니를 해결할 수 있는 적은 돈에 불과하다. 그 아이들을 보면서 왜 할레드 호세이니의 소설 《천 개의 찬란한 태양》이 갑자기 떠올랐는지 모르겠다.

초등학교 5학년이었던 딸이 우연한 기회에 싱가폴에서 공부할 기회가 생겨, 아내와 딸을 싱가폴에 보내고 2년 동안 기러기 아빠로 살았던 적이 있다. 그중 어느 해 4월쯤, 처연함과 매혹이 번갈아 교차하는 소설 《천 개의 찬란한 태양》을 읽었다. 아프가니스탄 작가 할레드 호세이니가 내전의 핏자국으로 얼룩진 아프가니스탄의 비극적인 현대사와 그 전란의 소용돌이 속에 남겨진 마리암과 라일라 두 여자의 기구한 이야기를 감동적으로 써내려 갔다. 봉건적인 관습과 가부장제, 전쟁 등 이중 삼중의 고통에 처한 아프간 여성들의 기구한 운명이 작품 곳곳에 얼룩져 있다.

사랑하는 딸 상희에게

서울은 지금 천지가 꽃 대궐이다. 지난 주말에 이모부와 저녁 약속이 있어 가는 길에 네가 다니던 학교 근처를 지났다. 교정 울타리에 함초롬한 노란 개나리꽃, 진노랑 생강나무, 하얗게 머리 풀어헤친 벚꽃나무가 활짝 피었더구나. 네가 금방이라도 그 속에서 걸어 나올 것만 같아 걸음을 멈추고 한참을 서 있었다.

아빠는 지난주부터 아빠와 동갑내기인 아프가니스탄 작가가 쓴 《천 개의 찬란한 태양》이라는 소설을 읽기 시작했다. 아프가니스탄의 역사적 소용돌이 속에서 피난을 떠나지 못하고 남은 사람들의 이야기다. 전쟁과 테러와 굶주림 속에서 가족을 잃고 한 남자의 두 부인으로 살아야 하는 기구한 운명을 맞은 두 여자–마리암과 라일라–의 슬프면서도 아름다운 사랑과 우정을 담고 있단다. 제목처럼 찬란하면서도 한편으로는 어찌나 슬프던지 지난 주말에 이 책을 마저 다 읽느라고 잠을 설쳤단다. 지난번 너한테 보내는 책에 엄마도

읽어 보라고 함께 보냈는데 혹시 못 보았니? 히잡을 쓰고 부르카를 입은 아프간 여성이 카불 시내를 내려다보는 처연한 뒷모습을 배경으로 한 표지의 책이다. 히잡은 이슬람 여성들이 얼굴이나 가슴을 가리기 위해 머리에 쓰는 가리개고 부르카는 몸 전체를 가리고 눈 부위만 망사로 되어 있는 여성 의상이란다. 참, 지난 여름휴가 때 빈탄섬으로 놀러갔다가 한 식당에서 너도 보지 않았니. 30도가 넘는 숨이 막힐 듯한 더위에 〈스타워즈〉에 나오는 완전무장한 군인처럼 두꺼운 부르카를 뒤집어쓴 두 명의 이슬람 여인이 밥을 먹던 장면 말이다. 그때 두 여인의 남편들은 어이없게도 반바지 차림이었지만. 한 손으로는 머리에 뒤집어쓴 니카브(얼굴가리개)를 살짝 들어 다른 한 손으로 음식조각을 조심스럽게 입 안으로 집어넣으면서 빨대를 이용해 겨우 겨우 음료를 마시는 그녀들의 모습을 너는 신기한 듯이 쳐다보고 있었지. 아빠는 이 책 대부분을 출퇴근하며 전철에서 읽었는데 내려야 할 곳에서 미처 못 내리고 그냥 지나친 적도 있었고, 가슴을 마구 후비는 슬픈 장면에서는 눈물을 참느라 혼났단다. 아주 오랜만에 눈과 마음을 홀딱 빼앗기며 읽은 책이다.

딸아!

책 이야기를 더 하기 전에 작품의 배경인 아프가니스탄이라는 나라부터 얘기해야 할 것 같구나. 아프가니스탄의 수도 카불은 지금은 전쟁으로 피폐해질 대로 피폐해졌지만 17세기에는 천국에 이르는 길목이라고 불렸을 정도로 아름다운 곳이었다. 그곳은 위대한 문명의 땅이었고 실크로드의 교차로였다. 정복자 알렉산더와 칭기즈칸

내 딸아, 신이 너에게 길고 유복한 삶을 주시기를……
건강하고 아름다운 아이들을 많이 허락해주시기를……

이 그 길을 통과하며 새로운 문명을 전파했고, 당나라 승려 현장과 신라의 혜초가 그 길 위에서 붓다를 만났다. 그러나 외부의 탐욕스런 정복자들과 내부의 무기력한 독재자들이 꼬챙이로 아프가니스탄을 휘저어 놓기 시작하면서 아프가니스탄은 어느새 비극이 천 개쯤 되는 한숨과 눈물의 땅으로 변했단다. 왕정 붕괴, 소련의 침공, 탈레반의 득세, 미국의 침공 등 혼돈의 오랜 역사를 거치면서 전쟁, 기아, 무정부, 핍박으로 한때는 난민이 800만 명에 달한 적도 있다. 현재도 200만 명이 넘는 난민들이 이웃국가인 파키스탄에 남아 집으로 돌아가지 못하고 있는 대표적인 분쟁지역 중의 하나란다. 특히 아프간 여성들은 숙명적으로 이중 삼중의 고통과 절망속에서 나날을 보내야만 하는 기구한 운명에 놓여 있다. '눈송이 하나하나가 이 세상 어딘가에서 고통받고 있는 여자의 한숨'이라고 하는 소설 속 구절처럼 아프간은 여자들한테 아주 오랫동안 아주 몹쓸 제도를 지웠다. 특히 소설에도 나오는 1996년부터 5년간 계속된 탈레반 집권시절의 광기는 도를 지나칠 정도였다. 살인 및 간통죄는 공개처형, 도둑질은 손목 자르기 등 엄격한 이슬람 율법이 적용되었고 정신을 좀먹는다는 이유로 TV, 음악, 영화가 금지되었고 각종 기호품도 자취를 감췄다. 여성은 외출할 때 전신을 가리는 부르카를 착용해야 했고, 남자 친척 없이는 여행이 금지되고, 열 살 이상 소녀들은 학교조차 다니질 못한다. 그러니 아프칸 여성들 입에서 나오는 다음과 같은 독백이 대못처럼 가슴에 와 박히는 것도 다 이유가 있다. "우리 아프간 사람이 쳐부술 수 없는 유일한 적이 있다면 그건 우리들 자신이란다."

무엇보다도 이 소설에서 가장 잊혀지지 않는 장면은 마리암의 아버지(잘릴)가 죽음을 앞두고 마리암에게 보낸 '사랑하는 마리암에게'로 시작하는 속죄의 편지를 라일라가 읽는 장면이다. 딸을 그리워하며 죽어가는 아비의 피눈물나는 고해가 거기 있다. 그 편지의 마지막은 이렇게 끝난다.

"내 딸아, 신이 너에게 길고 유복한 삶을 주시기를 기도하겠다. 신이 너에게 건강하고 아름다운 아이들을 많이 허락해주시기를 기도하겠다. 잘 있어라. 나는 사랑이 깊으신 신의 손길에 너를 맡긴다."

그러나 마리암은 끝내 이 편지를 읽어 보지 못하고 감옥에서 사형집행을 당하고 만다. 하지만 마리암은 라일라와 그녀들의 명민하고 사랑스런 딸 아지자의 마음속에 영원히 살아있을 것 같구나. 이 책의 마지막 부분쯤에 나오는 이 대목을 몇 번이고 되뇌이며, 상처와 슬픔이 더 이상 저 황톳빛 땅을 긋고 지나가지 않도록 기도하는 심정이 들었던 게 아마 새벽 3시쯤이었을 게다. 갑자기 네 목소리가 얼마나 듣고 싶던지 전화기를 몇 번인가 들었다가 결국 그냥 놓고 말았다. 새벽 3시는 열세 살 소녀를 깨우기에는 너무 늦거나 아니면 지나치게 이른 시간이더구나.

애야!
언젠가 광화문 네거리를 지나다 〈카불의 사진사–부르카 밑의 웃음소리〉라는 사진전 포스터를 보고 불쑥 들어갔다. 거기서 처음 알게 되었다. 지금도 출산 중에 죽는 아프간 여성이 연간 25,000명에 이르고 아프간이 세계에서 두 번째로 산모 사망률이 높다는 것을 말이다. 먹을 것이 넘쳐 나는 오늘날에도 가난과 굶주림으로 고통받는 아이들이 전 세계에 3억 명이 넘고 지구촌 어딘가에서는 작고 여린 생명들이 빈곤과 전쟁, 질병과 자연재해 등으로 1분마다 10명씩 영양실조로 죽어가고 있다니, 너는 믿을 수 있겠니? 네가 공부하고 있는 싱가폴은 인종간 · 개인간 · 남녀간 차별없이 독자적인 문화를 상호존중하고 경제적으로도 풍요로움을 구가하는, 세계적으로 성공한 대표국가로 꼽히잖니? 그런데 같은 아시아지역에 그처럼 불공평하고 학대받는 삶이 일반화 된 세상이 있다는 것이 선뜻 이해가 되지 않겠지. 그러나 얘야, 눈에 보이지 않는다고 해서 존재하지 않는 것이 아니다. 단지 우리가 그것을 못 보고 있거나 보지 않으려고 하기 때문이지.

그런데 하느님이 사람들에게 재능을 주실 적에는 자신을 위해서만 쓰라고 한건 아닐 것이다. 아마도 당신이 세계 모든 곳을 다 다니지 못하시니 그 재능을 주위의 가난하고 불쌍한 사람들을 위해서 대신 써달라고 빌려준 것일지 모른다. 세상에는 이렇게 비참한 삶을 살아가는 세계의 많은 어린이와 여성들에게 따뜻한 관심을 갖고 그들에게 봉사하는 일을 하는 사람들이 많단다. 예를 들면 유엔난민국에서 일하는 사람들이나 월드비전에서 긴급구호팀장으로 일하는 한비야 아줌마 같은 사람들이지. 그 사람들은 누군가가 물에 빠지지 않고 무사히 건너가게 하려고 그 자신은 언제나 물에 빠진 채 있어야 하는 징검다리가 되거나, 꽃이 되기보다 기꺼이 꽃받침이 되는 삶을 선택한 사람들이란다. 네가 아빠랑 떨어져 낯선 나라에서 힘들게 공부를 하는 것도 이 다음에 커서 네 재능과 실력을 세상과 이웃을 위해 봉사하기 위한 준비를 하는 과정이라고 생각하면 좋을 것 같구나.

상희야!
싱가폴로 떠날 때 아빠가 부탁했던 말 기억하지? 첫째, 절대로 아프지 말 것. 둘째, 네가 싱가폴에서 배워야 하는 건 English가 아니고 Global이라는 것을. 단순히 영어만 배운다고 생각하지 말고 여러 나라 친구들의 좋은 습관과 행동을 많이 배우도록 해라. 습관은 나무껍질에 글자를 새긴 것과 같다. 그 나무가 커 감에 따라 글자도 커진단다. 아침에 일찍 못 일어날 것 같던 네가 거기서는 그렇게 이른 아침에 학교에 가는 걸 보고 대견하더구나.
이 책은 아빠 서재에 잘 보관하고 있다가 네 생각과 사고가 한 뼘쯤 더 커져서 한국에 돌아오는 날 줄테니 그때 읽어보렴. 뜨거운 햇빛에 피부 상하지 않도록 조심하고 혹여 더운 날씨에 찬 음식만 찾다가 배탈이나 나지 않을까 걱정되는구나. 다음 달 출장 때는 싱가폴을 들러서 올 생각이다. 그때까지 공부 열심히 하고 잘 지내거라. 아빠는 늘 네 생각뿐이다. 사랑한다. 딸아! (2008.4)

해질 무렵 더르바르 광장에 비가 내렸다. 도서관에 있을 딸 아이에게 전화를 했다. 대뜸 카톡스토리에 올린 사진을 보고 면도도 안 하고 다닌다고 성화다. 여자들이란 애나 어른이나 잔소리가 한결같다.

이 책과 함께 읽으면 좋은 책들

"사연과 눈물을 머금은 땅, 아프가니스탄"

아프가니스탄은 원래 실크로드의 교차로 역할을 하며 다양한 문화와 찬란한 고대사를 꽃피운 위대한 문명의 땅이었다. 그러나 지금은 외세의 침략과 내전의 핏자국으로 얼룩진 사연과 눈물을 머금은 땅으로 변하고 말았다. 아프가니스탄의 역사와 현실을 가감 없이 보여주는 이 책들을 읽으며 상처와 슬픔이 더 이상 저 황톳빛 땅을 긋고 지나가지 않도록 기도하는 심정이 된다.

《연을 쫓는 아이》(할레드 호세이니) : 영어로 쓰여진 최초의 아프가니스탄 작가의 작품이다. 아프가니스탄의 굴곡진 역사를 배경으로 한 남성적이고 회고적인 성격이 강한 흥미진진한 성장소설이다.

《그리고 산이 울렸다》(할레드 호세이니) : 《연을 쫓는 아이》, 《천 개의 찬란한 태양》을 쓴 할레드 호세이니의 세 번째 장편소설이다. 가난 때문에 운명적인 이별을 맞게 된 남매와 가족의 사랑을 더듬어가면서 아프가니스탄 60년의 역사를 관통하고 있다.

《아프가니스탄, 잃어버린 문명》(이주형) : 이 책은 3년에 걸쳐 문헌연구와 현장 답사 작업을 통해 아프가니스탄 고대 문화유산의 탄생과 존속, 발견과 파괴에 대한 보고서이다. 문화유산을 통해 읽는 아프가니스탄 문명사라 할 만하다.

9

포카라

페와 호수 위에 비치는 달 그림자

포카라에는 자유로운 청맹과니들이 산다

카트만두에서 포카라까지는 비행기로 30분이면 도착할 수 있다. 그러나 버스로 가면 7시간이 넘게 걸린다. 고민이 되는 순간이다. 결국 버스를 타기로 했다. 오른쪽 자리에 앉아야 세상에서 가장 아름다운 풍광을 볼 수 있다고 게스트하우스에서 만난 한 여행자가 알려 주었다. 서둘러 투어리스트 버스 정류소를 찾아서 오른쪽 창가를 차지했다. 버스는 네팔 유일의 고속도로인 다마울리 고속도로(말이 고속도로지 저속도로다)로 진입해서 포카라를 향해 달리기 시작한다. 편도 1차선 구간거리 180km의 이 길은 바람과 구름을 머리에 이고 히말라야 산록의 계곡과 강, 산골짜기 오지마을의 모습들을 한눈에 보여 준다. 모퉁이를 돌 때마다 손바닥보다 넓은 나뭇잎 사이를 뚫고 나온 햇빛이 자객처럼 눈을 찌르고 달아난다. 언젠가 BBC에서 만든 지구절경을 담은 다큐멘터리를 본 적이 있는데 아마 여기를 찍어 간 게 아닌가 싶다. 얼마나 달렸을까, 차속에서 만나는 요의尿意는 아무래도 남자보다는 여자에게 가혹한 모양이다. 임시 화장실에 차가 멈추자마자 한 네팔 여인이 멀리 떨어진 여자 화장실까지 갈 엄두가 나지 않았는지, 가까운 남자 화장실로 쏜살같이 들이기더니 사람들이 쳐다보는 것도 아랑곳하지 않고 육덕 푸짐한 엉덩이를 내리고 폭포수 같은 소피를 쏟아붓는다. 포카라에 닿기도 전에 여행자는 뜻밖의 호사(?)를 누린 셈이다.

사촌 다

Sanchon Da

hoto Zone"

여기는 네팔, 포

canon

Soju

잠이술

입니다.
was here.

단순함에서 길어올린 풍요로운 삶

《월든》
헨리 데이빗 소로우
은행나무
2011(개정3판)

네팔의 대표적인 휴양도시이자 안나푸르나 트레킹을 위한 전초기지로 유명한 포카라는 '호수'라는 뜻의 네팔어 '포카리'에서 유래하였다. 해발 800m 정도의 낮은 구릉에 위치해 있는 청정도시로, 시내 어느 곳에서도 7,000m급 설산을 공짜로 보여주는 것이 이런 안복眼福이 따로 없다. 인도의 복잡하고 탁한 도시들에 지쳤던 여행자는 모처럼 페와 호수에 비친 설산을 앞에 두고 마음껏 심호흡을 하며 몸과 마음을 활짝 열어 젖혔다. 월든 호숫가에서 통나무집을 짓고 살았던 스물여덟 살 청년 소로우가 왔어도 반할 만한 곳이라는 생각이 저절로 든다.

"왜 당신네 미국인들은 돈 많은 사람들이나 군인들 말만 듣고 소로우가 하는 말에는 귀를 기울이지 않는 거요?"

러시아의 대문호 톨스토이가 미국의 사상가 헨리 데이비드 소로우를 격찬하며 한 말이다.

미국의 사상가이자 작가인 소로우는 스물여덟 살이던 1845년부터 1847년까지 2년 동안 매사추세츠 주州의 콩코드 마을 근처에 있는 월든 호숫가에서 살았다. 그는 통나무집을 짓고 밭을 일구고 물고기를 잡으며 지냈던 야생생활의 경험을 통해 인간과 자연, 인간과 사회에 대해 깊은 성찰을 이어 나갔다. 미국 초월주의 문학의 꽃이자 최초의 생태문학으로 일컬어지는 소로우의 《월든》은 대자연의 예찬과 문명사회에 대한 통렬한 비판이 담긴 고전이다. 무소유의 삶을 실천했던 마하트마 간디는 이 책에서 깊은 감명을 받았고, 법정 스님 역시 월든 호수를 세 번이나 찾아갔을 정도로 애독했던 것으로 알려져 있다. 책 곳곳에 공자의 말이 인용되고 있는 것처럼 그는 희랍·로마 고전은 물론, 《논어》, 《베다서》 등 동양 고전과 사상서·종교서를 두루 섭렵하여 '미국의 동양인'이라고 불리기도 했다. 《월든》은 소로우가 그때의 야생생활 경험을 바탕으로 '자발적인 가난'을 설파한 최초의 책으로 기억된다.

> '자발적인 빈곤'이라는 이름의 유리한 고지에 오르지 않고서는 인간생활의 공정하고도 현명한 관찰자가 될 수 없다. 농업, 상업, 문학, 예술을 막론하고 불필요한 삶의 열매는 사치일 뿐이다.
>
> 헨리 데이빗 소로우, 《월든》

그런데 하버드를 졸업한 소로우가 뭐가 아쉬워서 문명 사회에 등을 돌리고 숲속에서의 삶을 자청하게 되었을까? 책에서 소로우는 인생을 의도적으로 살아 보고, 인생의 본질적인 사실들만을 직면해 보려고 숲으로 들어갔다고 썼다. 그리하여 인생이 가르치는 바를 스스로 배울 수 있는지 알아보고자 했고, 그리하여 마침내 죽음을 맞이했을 때 자신이 헛된 삶을 살았구나 하고 깨닫는 일이 없도록 하기 위해서였다. 아마도 인생의 본질이 다수에게 그냥 휩쓸려 가는 삶이 아닌, 개인의 고유한 차이를 만들어 내는 것에 있음을 소로우는 알았던 게 아닐까. 《월든》은 '가장 단순한 삶'에 대한 위대한 실험이다. 우리의 부박한 일상에서 삶의 모든 곁가지들을 들어내고, 할 수 있는 한 소박하고 간결하게 사는 방법을 통찰한 책이다. 이 책이 지금까지도 많은 사람들한테 사랑을 받는 이유가 무소유란 아무것도 가지지 않는 것이 아니라, 불필요한 것을 가지지 않는 것이라는 메시지가 갈수록 현대인들의 가슴에 큰 울림을 만들기 때문일 것이다.

> 왜 우리는 성공하려고 그처럼 필사적으로 서두르며, 그처럼 무모하게 일을 추진하는 것일까? 어떤 사람이 자기 또래들과 보조를 맞추지 않는다면, 그것은 아마 그가 그들과는 다른 고수鼓手의 북소리를 듣고 있기 때문일 것이다. 그 사람으로 하여금 자신이 듣는 음악에 맞추어 걸어가도록 내버려두라. 그 북소리의 박자가 어떻든, 또 그 소리가 얼마나 먼 곳에서 들리든 말이다. 그가 꼭 사과나무나 떡갈나무와 같은 속도로 성숙해야 한다는 법칙은 없다. 그가 남과 보조를 맞추기 위해 자신의 봄을 여름으로 바꾸어야 한다는 말인가.
>
> 헨리 데이빗 소로우, 《월든》

몇몇 선각자들은 자본주의가 발현하고 산업화가 시작되던 때부터 인간의 탐욕문제를 경고해 왔는데, 19세기에 21세기를 내다보는 혜안을 발휘했던 소로우가 대표적인 경우다. 자연의 일부인 인간이 자연을 인정하고, 제한적 욕망의 범주에 사는 것이 진정한 공존의 수단이라는 것이, 월든 숲과 호수의 바닥까지 내려간 소로우가 길어 올렸던 깨달음의 정수다. 2011년, 월스트리트의 탐욕에 분노한 수백 명의 시민들이 주먹을 불끈 쥐고 자본주의의 모순과 경제적 불평등에 항의하며 시위를 벌였다. 그러나 그들이 고개를 들어 바라보아야 할 곳은 월가가 전부는 아니다. 이미 한 세기 이전에 물질문명의 폐해를 내다보았던 《월든》 같은 고전에 귀 기울여야 한다.

인터넷에는 《월든》을 읽으려고 시도했으나 중간에 포기했다거나, 또는 시도도 못 하고 실패했다는 얘기도 심심찮게 나온다. 그러나 번역자는 《월든》은 결코 어려운 책이 아니라며, 첫 장 '숲 생활의 경제학'(약 110쪽)이 가장 읽기 어려운 부분이나 그 후부터는 쉬워지니 계속 읽으면 소위 '월든 완독자의 반열'에 무난히 들 수 있다고 말한다. 4개월에 걸쳐 이 책을 완독한 우리 낭독독서모임 회원들이 그 증거다. 처음에는 만연체의 문장 때문인지 읽기가 쉽지 않았지만, 중반 이후로 접어들자 사람들의 눈빛과 목소리가 달라지기 시작했다. 눈을 안으로 돌려 마음속에 여태껏 발견 못 하던 천 개의 지역을 찾아내, 내부에 있는 위도가 보다 높은 지역을 맘껏 탐험하라는 저자의 목소리가 귀에 들려오기 시작한 것이다. 그것은 더 이상 타인의 삶을 살지 말고 자신만의 참다운 인생의 길을 가라는 내면의 울림이었다.

고전은 시간과 싸워 살아남은 책이다. 시대가 불확실하고 미래가 암담할수록 고전을 읽지 않으면 사는데 고전苦戰을 면치 못할지 모른다. "고전을 다시 읽게 되면 그 책 속에서 전보다 더 많은 내용을 발견하지는 않는다. 단지 전보다 더 많은 자신을 발견한다."(클리프턴 패디먼) 누구는 불타고 있는 도서관에서 단 한 권의 책을 가지고 나온다면 《월든》을 택하겠다고 한 것처럼, 나는 인생이라는 길 위에서 불이 나면 불을 끄는 소방수 역할을 하는 책으로 《월든》을 찾을 것이다. 이 책을 읽고 소로우가 단지 '숲 속의 로빈슨 크루소'가 아니라는 걸 확인했으면 그의 또 다른 책 《시민의 불복종》까지 내처 읽어도 좋을 것이다. 사회운동가로서의 소로우의 진면목을 발견하게 될 것이다. 《월든》을 읽고 가까운 곳 어딘가에 자신의 '월든 존'을 하나쯤 만들고 싶다는 게 나 혼자만의 생각은 아닐 것이다.

이 책과 함께 읽으면 좋은 책들

"온전한 삶"

온전한 삶이란 어떤 삶인가, 아니 거기에 대한 치열한 고민을 한 적이 있기나 한지 모르겠다. 설국열차처럼 앞만 바라보고 질주하느라 텅빈 삶을 사는 것은 아닌지. 이것이 사는 것일까? 왜 이러고 사는 걸까? 하는 생각이 불현듯 들 때, 지식이 아니라 통찰을 주는 그런 책이 그립다. 맑은 옹달샘에서 두레

박으로 막 길어 올린 찬물을 정수리에 쏟아붓고는 정신이 바짝 차려지는 그런 책 말이다.

《조화로운 삶》(헬런 니어링, 스코트 니어링) : 헬렌과 스코트 니어링이 1930년대 뉴욕을 떠나 버몬트의 작은 시골로 들어가서, 자연 속에서 산 스무 해의 기록이다. 하루를 오전과 오후 둘로 나누어 반나절은 빵을 벌기 위한 노동을, 나머지 시간은 온전히 자기 자신을 위해 썼다.

《온 삶을 먹다》(웬델 베리) : 교수직을 그만두고 농부로 변신한 미국 1세대 환경운동가인 웬델 베리의 문학과 사상을 한눈에 조망할 수 있게 해 주는 책이다. 먹거리, 농사, 땅을 화두로 이 시대를 성찰하고 있다. 저자는 한 인터뷰에서 4,000년간 생산성을 지켜온 한국 농경문화를 돈 때문에 잃지 말라고 충고했다.

격월간 〈녹색평론〉 : 한국에서 생태주의 사상을 알려 온 대표적인 잡지다. 생태주의는 사람이 자연의 한 부분이기에 환경과 조화를 이루며 살아야 한다는 사상이다. 나는 후쿠시마 원전 사태 이후 이 잡지를 참고서로 읽었고, 세월호 참사 이후로는 탐독서로 바뀌었다. 잡지 맨 뒤를 보면 전국 40여 군데서 눈밝은 독자들이 〈녹색평론〉을 읽는 독자모임을 하고 있는 것을 알 수 있다.

히말라야에도 잡스신이?

《생각하지 않는 사람들》
니콜라스 카
청림출판
2011

인도 인구의 80.5%가 믿는 막강한 종교답게 곳곳마다 힌두교 사원이 널려 있다. 그러나 2013년의 인도를 여행하다 자주 마주치는 신은 잡스신이다. 공항이나 거리는 말할 것도 없고 상점이나 식당에서도 늘 비명처럼 휴대폰 소리가 끊이질 않는다. 들판에서 염소를 모는 목동들 손에 들려 진 휴대폰에서도 다운로드한 노래가 끊임없이 흘러나오고, 국경 검문소의 군인이나 경찰들 역시 총 대신 휴대폰으로 근무를 서고 있다. 하긴 나만 해도 여행 내내 'Wi-Fi free'라고 쓰여진 게스트하우스나 카페를 찾았다.

포카라까지 와서 안나푸르나를 밟지 못하는 것이 아쉬웠다. 눈에라도 안나푸르나를 담아가고 싶은 마음에 택시를 타고 '까레'라는 이름을 가진 동네에 내려 안나푸르나를 정면으로 볼 수 있다고 하는 오스트레일리아 캠프 쪽으로 올랐다. 트레킹 하는 여행자들과 현지인 포터들이 쉼없이 오르락내리락 하며 지나간다. 그런데 시간도 생각도 멈춘 듯한 히말라야 산동네의 정적을 깨뜨린 것은 새소리도 바람소리도 아닌 사리를 두른 동네 소녀들이 저마다 손에 들고 있는 휴대폰에서 나오는 음악 소리였다. 잡스신은 이곳 히말라야에도 어김없이 왕림하셨다.

'컴퓨터를 사용하지 않을 때조차도 이메일을 확인하고, 링크를 클릭하고, 구글에서 무언가를 검색하고, 누군가와 연결되고 싶은' 사람이 되어 있는 자신을 발견하는 일. 현대인이라면 누구나 한번쯤 경험하는 상황일 것이다. 최근 호주에서 수백 명의 젊은이들을 상대로 일상에서 가장 중요한 필수품을 고르라는 조사에서 먹는 것을 제치고 아이팟, 랩톱, 페이스북, 고속 인터넷, 휴대폰 등이 상위 10위권을 차지했다. 심지어 유튜브에 떠도는 동영상 중에 두세 살 정도 된 아이가 인쇄된 잡지의 사진에 두 손가락으로 핀치 줌하는 장면이 있는데, 이 아이에겐 아이패드와 같은 태블릿이 더 할 나위 없는 장난감인 것이다.

스마트폰과 이메일과 트위터로 촘촘히 연결된 시대, 나이와 성별과 인종과 국가를 뛰어넘어 전 지구적으로 실시간 소통 중인 개인, 적어도 정보의 차원에서는 지상천국과 전지전능한 존재가 출현했다고 해도 과언이 아닌 세상을 우리는 살아가고 있다. 디지털과 인터넷, 소셜 웹이 정말 많은 것을 바꾸어 놓았고, 인간의 삶이 전반적으로 풍요롭고 편리하게 변하게 된 것을 부정할 수는 없다. 그러나 30분마다 울려대는 스마트폰, 10분마다 날아오는 이메일, 1분마다 올라오는 트위터 메시지로 정신을 차리지 못할 정도다. 거기다 하루 8시간 이상씩 텔레비전과 컴퓨터와 휴대전화에 매달려 사느라 평균적으로 깨어 있는 시간의 약 45%를 미디어와 커뮤니케이션에 할애하고 있다. 세계에서 매일 발송되는 이메일은 약 2억 5,000만 통이라고 한다. 1초당 300만 통 꼴이다. 그 중 90% 이상은 스팸 메일이다. 과거에는 이메일을 많이 받는 사람이 유능해 보였으나 지금은 가장 안됐다는 생각이 든다. 오히려 하루에 5통 정도의 메일만 받는 사람이 핵심인물이라는 사실을 눈치챌 수 있다. 그 사람은 주변의 필터링이 매우 잘 되어 있어서 중요 메일만 받고 있을 확률이 높기 때문이다. 인터넷 검색에 의존하다 보니 기억력은 쪼그라들고, 자신도 모르는 사이에 '끝말잇기'에 빠져 정보의 바다에서 허우적대기 일쑤다. 잠깐 동안이라도 스마트폰이 울리지 않으면 이내 불안해 하고, 조건반사적으로 스마트폰에 손이 간다. 구글, 페이스북, 트위터도 마찬가지다. 그것들은 우리를 향해 괴성을 지르지만 구글 검색 결과를 보여주는 페이지들 중에 첫 번째 페이지 이후의 페이지를 열어보는 사람은 실제로 1%도 채 안 된다. 웹 페이지를 읽는 게 아니라 하이퍼텍스트로 연결된 단어들을 그저 클릭만 하기 때문이다. 또 어떤 종류의 커피를 마셨는지에 대해 트친(팔로워)들이 시도 때도 없이 올려대는 무의미한 글에 댓글을 다느라 시간을 뺏긴다. 컴퓨터와 인터넷이 보편화된 시대라서 검색 몇 번이면 손쉽게 정보를 습득할 수 있다. 스마트폰, 태블릿 PC까지 상용화 되면서 마음만 먹으면 언제 어디서든 자신이 원하는 정보를 찾아낼 수 있게 됐다. 그렇다고 해서 요즘 사람들이 옛날 사람들보다 더 '스마트'해진 것일까? 로마시대 철학자인 세네카는

2,000년 전 이미 이 상황을 "모든 곳에 있는 것은 아무 곳에도 없는 것이다"라는 말로 표현했다.

니콜라스 카의 《생각하지 않는 사람들(원제:The Shallows)》은 1990년대 컴퓨터의 보급과 함께 개막된 디지털 시대가 정점에 이르면서 인터넷과 스마트폰이 우리의 뇌 구조를 바꾸고 있으며, 하루가 다르게 기억력과 집중력을 떨어뜨리는 주범主犯이 실은 인터넷과 스마트폰이라고 말한다.

IT 전문가이자 저명한 칼럼리스트인 저자는 우리가 유사 이래 가장 스마트한 세상에 살고 있지만, 개개인이 더 똑똑해진 것은 아니라고 주장한다. "컴퓨터와 인터넷에 대한 무조건적인 믿음과 무분별한 사용이 얕고 가벼운 지식을 양산했다"며, 이 책을 통해 디지털 기기에 종속된 이후 우리의 사고하는 방식은 어떻게 변화하고 있는지, 글을 쓰는 방식과 읽는 방식은 어떻게 변화하고 있는지를 밝혀낸다. 인문, 사회, 경제, 문화 전방위를 넘나드는 날카로운 시각을 통해 우리가 인터넷을 통한 맥락 없는 정보만 추구하면서 사고하는 방식은 아주 경박해졌으며 이에 걸맞게 뇌구조까지 물리적으로 변화했다고 주장한다. 디지털 문화의 위험성을 경고하고, 디지털 시대에 현명하게 대처하는 방법을 통찰력 있게 제시하고 있다. 미래에는 깊이 사고하는 사람이 창의력과 상상력은 물론 생산성도 더 높을 게 자명하다. 다가오는 미래사회는 먼저 아는 사람이 아니라 깊이 깨닫는 사람이 주도한다는 뜻이다.

독서 체험 역시 많은 정보에서 핵심만 재빨리 훑는 '스타카토(staccato–짧게 끊어서 연주하는 것을 가리키는 용어)'식 읽기에 익숙하다. 죽 이어서 읽는 선형적線形的 독서를 해본 게 언제인지 기억이 아련할 정도다. 기능적인 업무 처리와 말초적 엔터테인먼트를 위해서는 스마트폰의 진화가 고맙지만, 창의적이고 상상력이 필요한 영역에서는 점점 우리의 뇌가 후퇴하고 있다. 디지털 세상에서 깊은 사유와 생각은 점점 더 힘들고 멀어지고 있고, 사람들은 조급증에 시달리기 시작했다. 그러나 언제부터인지 바쁘다는 것은 우리가 중요한 존재이고, 성공했다는 것을 보여주는 미묘한 사회적 징표가 됐다.

> 인터넷은 나를 초고속데이터 처리 기기 같은 물건으로 바꾸어 놓았다. 나는 마치 인간의 모습을 한 '할HAL'(스탠리 큐브릭 감독의 영화 〈2001 스페이스 오디세이〉에서 나오는 인공지능 컴퓨터)처럼 변해가고 있었다. 나는 이전의 뇌를 잃어버린 것이다.
>
> 니콜라스 카, 《생각하지 않는 사람들》

스마트폰은 중독성의 첨단을 걷는 기계가 되어 사람들이 혼자 있는 시간을 빼앗았다. 늘 스마트폰을 켜놓고 어딘가에 연결되거나 메시지를 주고받고 있다. 혼자 있는 것 같지만 늘 남들의 시선에 노출돼 있고 늘 무엇인가에 접속되어 있다. 사람들은 세상과 '교류'하고 있다고 생각하지만, 사실은 '표류'하고 있는지 모른다. 혼자 생각할 시간이 없다. 그러니 어떻게 사색의 시간을 갖고 개성을 갖출 기회가 있겠는가. 동의보감에 따르면, 스마트폰 중독은 정精·기氣·신身이 망가지는 루트를 밟고 있다. 스마트폰 중독으로 많은 사람들이 몸을 망치고 어마어마한 번뇌를 겪게 될 것이 불 보듯 뻔하다. 현대문명은 그 많은 신들을 물리치고 그 자리에 잡스신을 우뚝 세웠다. 디지털이 그야말로 세계로 열린 창窓이 아니라, 수시로 나를 기습하는 창槍이 된 셈이다.

미래에는 비非 디지털 영역에서 정형화되지 않은 날것의 괴짜 인재가 대박을 터뜨릴 것이다. 신경과학자 대니얼 핑크의 말처럼, 컴퓨터로 그 기능을 대체할 엄두조차 내지 못할 '오른쪽 뇌'의 시대가 될 것이다. 분석만으론 얻을 수 없는 직관이 발달한 사람, 말로는 가늠이 안 되는 스타일이 있는 사람, 스토리 안에 감동과 유머를 버무릴 줄 아는 사람이 가치를 인정받는 시대가 올 것이다. 에릭 슈미트 구글 회장은 미국 보스턴대학 졸업식 축사에서 "하루에 한 시간은 반드시 스마트폰과 인터넷을 끄고 사랑하는 사람의 눈을 보고 진짜 대화를 나누라"고 말했다. 안드로이드 총수가 했다고는 믿기지 않는 말이다.

검색은 자기계발이고, 사색은 자기발견이다. 자기계발보다 중요한 것은 자기발견이다. 검색이 사색을 추방한 시대라는 걸 전철만 타 봐도 금방 안다. 저마다 스마트폰에 고개를 처박고 무엇인가를 열심히 한다. 대개는 드라마를 보거나 게임을 한다. 이렇게 별 의미없는 수다로 10~20년을 보낸다면 우리 두뇌는 어떻게 될 것이며 우리 사회의 지적 수준은 대체 어디까지 내려가 있을 것인가? 이 지나친 화기를 어떻게든 식히고 꺼야 한다.

그렇다고 이 책이 '반反 인터넷'을 주장하는 책은 아니다. 디지털 시대, 진짜 스마트해지는 법을 고민하자는 것이다. 인터넷과 스마트기기를 이미 거부할 수 없는 문명의 이기라고 아무런 문제의식 없이 그대로 받아들이지 말고, 그 영향력을 스마트하게 받아들여 우리의 지식과 사고능력을 스스로 지켜나갈 수 있는 해법을 찾자는 저자의 문제 제기에 귀 기울여야 한다.

어제도 카톡스토리에 글을 못 올렸다. 포카라에서 여하튼 나도 '생각하지 않는 사람'이었다. 'Wi-Fi free Zone'을 찾아 헤맸으니 말이다.

이 책과 함께 읽으면 좋은 책들

"세상을 스마트하게 사는 법"

티를 맞춰 입고 명절을 쇠러 고속터미널로 향하는 가족을 본 적이 있다. 전철에 타서 자리에 앉는 순간 고개를 처박고 저마다 스마트폰을 꺼내 뭔가를 열심히 한다. 아빠는 주식을 하고, 엄마는 음악을 듣고, 아이는 게임에 몰두한다. 고속터미널이라는 안내방송이 나오자 자동적으로 일어나 출구 앞으로 모인다. 그 가족은 전철 안에서 서로 한마디 대화도 나누지 않았다. 그럴 거면 왜 티까지 맞춰 입었는지 정말 모를 일이다.

《디지털 네이티브》(돈 탭스콧) : 이 책은 12개국에서 400만 달러를 들여 9,400명이 넘는 사람들을 대상으로 조사와 인터뷰를 실시한 연구 프로젝트를 바탕으로 쓴 것이다. 저자는 마샬 맥루한 이후 '세계에서 가장 영향력이 있는 미디어 분야 권위자'라고 평가를 받는 비즈니스 전략 분야의 세계 최고 권위자

중 한 명이다. 세상은 디지털과 함께 살아가는 넷세대들이 주도하는 세상이 되었다. 저자는 역사상 가장 똑똑한 넷세대가 움직이는 새로운 세상에 주목하라고 말한다.

《고독을 잃어버린 시간》(지그문트 바우만) : 가족과 함께 밥상머리에 앉아서도, 카페에서 연인과 대화를 할 때도, 심지어 화장실에 갈 때도 우리는 항상 스마트폰을 들여다본다. 트위터 팔로워가 늘어날수록 헛헛한 공허감이 더 커지기만 하는 것은 왜일까? 우리는 이제 혼자서 고독을 누리거나 사색하는 방법을 잃어 버렸는지 모른다. 끊임없이 온라인에 연결되어 있지만 외로움을 느끼는 현대인들에게 현존하는 최고의 석학 지그문트 바우만이 44통의 편지를 띄웠다.

《퓨처마인드》(리처드 왓슨) : 앨빈 토플러, 다니엘 핑크와 함께 생존해 있는 '세계 3대 미래학자'로 꼽히는 리처드 왓슨이 디지털 문화의 위험성을 경고하고, 디지털 시대를 현명하게 대처하는 방법을 통찰력 있게 제시하고 있는 책이다. 디지털이 주는 달콤함에 사로잡혀 우리 사회와 개인이 너무 빨라지고 너무 복잡해진 세상에서 너무 산만하게 살고 있다고 지적하며 세상이 빠르게 변할수록 더 느리게, 더 깊게 사고하라고 조언한다.

자유라는 이름의 보통명사

《그리스인 조르바》
니코스 카잔차키스
열린책들
2009

페와 호수를 바라보며 1964년 앤서니 퀸과 앨런 베이츠가 주연한 영화의 조르바를 떠올렸다. 광산업이 거덜나고 새로 벌인 벌목 사업도 말아 먹고 나서 조르바가 셔츠 바람으로 바다와 하늘을 등지고 춤추는 장면이 어제 본 영화처럼 선명하다. 조르바라면 능히 이곳에서도 옷을 벗고 춤을 출 것이다.

《그리스인 조르바》는 현대 그리스 문학을 대표하는 작가 니코스 카잔차키스가 젊은 시절 만났던 알렉시스 조르바라는 실존 인물에 대한 이야기다. 카잔차키스와 조르바는 그리스의 항구 도시 피레에프스에서 처음 만나 크레타 섬에서 갈탄광 사업을 6개월 정도 함께했다.

이 소설은 카잔차키스에게 세계적인 명성을 안겨준 작품으로, 호쾌한 자유인 조르바가 펼치는 영혼의 투쟁을 풍부한 상상력으로 그리고 있다. 카잔차키스는 호메로스, 베르그송, 니체와 함께 조르바를 자신의 삶에 큰 영향을 끼친 사람으로 꼽았다.

니코스 카잔차키스는 고대 문명의 발상지인 크레타 섬에서 태어났다. 카잔차키스가 어린 시절 크레타는 터키의 지배를 받고 있었고 카잔차키스의 할아버지와 아버지는 모두 크레타의 독립을 위해 싸웠다. 그의 아버지가 아홉 살이던 카잔차키스에게 학살당한 그리스인의 발을 만져보게 한 날 그는 물어본다. "이 사람들은 왜 죽었나요?" 아버지는 대답한다. 이 사람들을 죽인 것은 자유라고.

10대는 물음표, 20대는 느낌표라면 30대는 비로소 쉼표 하나를 얻은 것이다. 그리고 인생은 이 쉼표가 여러 번 모여서 완성되는 것이 아닐까. 조르바는 내가 30대에 만난 가장 선명한 쉼표였다. 화산에서 거침없이 뿜어 나오는 용암처럼 용맹하면서도 자유로운 영혼, 번갯불 같은 섬광과 깊은 균열로 가득한 정신의 소유자, 뇌와 심장이 누구보다 가까운 사람. 그게 조르바다. 그는 아직 모태母胎인 대지에서 탯줄이 떨어지지 않은 살아 있는 가슴과 커다랗고 푸짐한 언어를 쏟아내는 사나이였다. "인간은 태어날 때부터 자유 안에서만 빛나도록 생겨 먹었다. 동물로 태어났지만 인간으로 죽어라." 이것이 조르바의 말이다.

여행을 하다가 인도에서 '한국인 조르바'를 만났다. 이름이나 나이도 모르고 하늘아래 고독한 영혼이란 뜻으로 '천고형님'이라고 불렀다. 여행 내내 단 하루도 술을 마시지 않는 날이 없는 것 같았다. 햇빛을 가릴 목적으로 길거리서 스카프를 사서 두르다 말고 무겁다며 스카프를 반으로 쪽 찢어 건네는 사람이다.

포카라 시내에 '조르바 카페'라고 상호를 내건 곳이 눈에 띄어 그 곳에서 맥주잔을 기울였다.

"집에는 언제 갈 계획이세요?"

"모르지 뭐, 내가 있는 곳이 집인데 뭘. 이왕 온 김에 안나푸르나까지 가 보려고."

모르긴 몰라도 그는 자신에게 한 번 더 기회를 줘보기 위해 세상을 떠도는 것 같았다.

"인생은 멀리서 보면 희극이고, 가까이서 보면 비극이다." 희극배우 찰리 채플린이 남긴 명언이다. 그러나 애당초 비극은 존재하지 않았고, 그것은 단지 행복을 두려워하는 사람들이 가진 편견이었는지도 모른다. 조르바는 그걸 우리에게 가르쳐주고 있다.

"인생은 잘 짜인 이야기보다는 그 하나하나가 관능적인 기쁨인, 내일 없는 작은 조각들의 광채다." 장 폴 사르트르의 이 말에 가장 어울리는 사람이 조르바다. 다가가서 만져보고 냄새 맡으며 함께 뒹굴어야지 지천에 깔려 있는 아름다움을 누릴 수 있다는 것을 그는 안다. 조르바는 자유를 뜻하는 보통명사가 되었다. 서울에도 네팔에도, 광화문 네거리에서도 페와 호수에서도 조르바는 늘 살아서 돌아다닌다. 눈만 밝다면 우리는 언제나 그를 친구로 맞을 수 있다. 물론 제일 좋은 것은 우리 자신이 조르바가 되는 것이지만.

> 당신이 그런 말을 할 때마다 나는 당신의 팔과 가슴을 봅니다. 팔과 가슴은 뭘 하는지. 그저 침묵하죠. 한마디도 하지 않아요. 마치 피 한 방울도 흘리지 않는 것 같다, 이겁니다. 그래, 도대체 뭘로 이해

한다는 건가요? 머리로? 웃기지 맙시다!"

니코스 카잔차키스, 《그리스인 조르바》

> 조르바는 작가의 페르소나persona이자 지식인을 대표하는 주인공 오그레에게 그 잘난 머리로만 옳고 그름과 진실과 거짓을 판단한다며 비난한다. 반면 조르바는 매 순간 미쳐서 사는 사람이다. 어제 일어난 일은 생각 안 한다. 오직 지금만을 생각하고 행동한다. 여자에게 키스하고 있는 동안에는 딴 일은 다 잊고 오로지 키스에만 몰두한다.
>
> 광인狂人 조르바는 "사람은 어느 정도는 미쳐야 한다. 미치지 않으면 밧줄을 끊어버리고 자유를 얻는 일이 없다"고 말하며 오그레에게 미쳐야 자유로울 수 있다는 것을 일깨운다. 하긴 어느 정도 미치지 않고 살아간다는 게 가능한 일인지. "제정신이란 기분 좋은 거짓말"이다.(수전 손택)

영국의 실존주의 비평가 겸 작가인 콜린 윌슨은 카잔차키스가 그리스인이라는 것은 비극이며 그의 이름이 카잔초프스키이고 러시아어로 작품을 썼더라면, 그는 톨스토이, 도스토예프스키와 어깨를 나란히 할 수 있었을 것이라고 아쉬워했다. 19세기에 태어나 20세기를 살다 간 거인 카잔차키스는 21세기에도 여전히 진행형이다. 《그리스인 조르바》는 이 세상의 모든 유혹 가운데 가장 무서운 유혹인 '자유'를 희망하는 법을 가르쳐준다. 자유에 대한 능란한 낙관을 온몸으로 보여주는 매혹적인 책이 아닐 수 없다. 생전에 카

잔차키스가 마련해 놓은 묘비명은 다음과 같다.

> 나는 아무것도 바라지 않는다.
> 나는 아무것도 두려워하지 않는다.
> 나는 자유다.

여행에서 돌아와 책장에서 《그리스인 조르바》를 다시 꺼내 펼쳤다. 책 한쪽 여백 귀퉁이에 연필로 꾹꾹 눌러쓴 낙서가 있다. 아마도 젊었던 어느 날 조르바를 읽으며 깃털 같이 가벼운 일상에 조소를 날렸던 게 아닌가 싶다.

> 흰색보가 깔린 식탁
> 방금 배달된 우편물
> 밥 뜸 드는 냄새
> 점멸하는 신호등 앞에서의 입맞춤
> 막 잠에서 깨어난 어린 딸의 노란 기지개
> 첫 외국어 수업시간
> 가는 귀 먹은 할머니가 보는 텔레비젼
> 첫 출근한 가정부의 슬리퍼 끄는 소리
> 아파트 강아지들 답답하다고 낑낑대는 소리
> 새떼처럼 지저귀는 여자고등학교 아침 등교시간
> 93.1MZ 클래식 FM

이 책과 함께 읽으면 좋은 책들

"영혼이 함께하는 여행"

현대 그리스 문학의 대표적 작가인 카잔차키스는 두 차례나 노벨문학상 후보로 지명되었다. 1957년 두 표 차이로 노벨문학상은 알베르 카뮈에게 돌아갔다. 카잔차키스가 죽었을 때 카뮈는 카잔차키스야말로 자신보다 백번은 더 노벨문학상을 받았어야 했다며 그의 죽음을 애도했다.

'시골의사'라는 필명으로 유명한 평론가 박경철은 의과대학 본과 3학년 때인 스물네 살에 《예수, 다시 십자가에 못 박히다》라는 책을 처음 접한 이후 카잔차키스에게 매료되어 40대 중반에는 그의 저서 전부를 읽었다고 한다.

《문명의 배꼽, 그리스》(박경철) : 마흔아홉 살이 되던 해 박경철은 홀연히 배낭을 꾸려 떠났다. 그리스에서 시작해 영국, 프랑스, 이탈리아, 터키, 이란, 이집트와 시리아, 스페인 등 2년여에 걸친 문명의 대장정을 마치고 2년여 만에 이 책을 들고 나타났다. 책으로 만나는 지식이 아닌 발로 뛰어다니며 몸으로 부딪친 문명의 현장과 사람들의 이야기를 담았다.

《영혼의 자서전》(니코스 카잔차키스) : 카잔차키스가 사망하기 직전에 쓴 자서전이다. 크레타에서 보낸 유년 시절에서부터 피와 땀과 눈물로 만들어낸 불멸한 인간의 투쟁과 위대성을 기록하고 있다. 그는 이 자서전을 완성할 수 있도록 10년만 더 달라고 신에게 빌면서 계속 글을 고쳤다. 사는 게 시시하게 느껴질 때 허리를 꼿꼿이 세우고 읽을 책이다.

《지중해 기행》(니코스 카잔차키스) : 카잔차키스가 이탈리아, 이집트, 시나이 반도, 예루살렘, 키프로스를 돌며 자연과 위대한 신, 그리고 인간의 운명을 떠올린 기록이다. 카잔차키스는 기쁨과 긍지와 무용으로 채워 줄 보상 따위는 존재하지 않는다며, 인간은 단지 용감하게 살다 죽는 법을 배우기 위해 여행을 떠나는 것이라고 말한다.

10

룸비니

불타에게 길을 묻다

WEL COME

룸비니, 붓다, 방황하는 자의 한 수

부처님이 탄생한 룸비니로 향했다. 8시간을 차에서 시달리느라 녹초가 된 여행자들과 달리 운전사와 그 옆에 앉아 시도 때도 없이 떠드는 네팔 여인은 내내 하이톤의 웃음을 쏟아내기에 바쁘다. 좁고 경사진 산간도로에서 자칫 졸음운전이라도 하면 큰일이니 일단 그 여인이 고맙고 대견하다. 그런데 휴게소에서도 둘이 유난히 붙어 있는 게 암만해도 수상하다. 알고 보니 지금은 서로의 연인으로 곧 결혼할 사이란다. 어쩐지 암수 서로 정답더라니. 그때부터 그들이 네팔말로 나누는 대화가 자동 통역되어 귀에 꽂힌다.

"자기 운전 짱!"
"하긴 내가 운전 좀 하지."
"더 빨리 달릴 수도 있어?"
"물론이지. 허니가 원한다면 날 수도 있어."

오, No! 난 자동차를 탄 거지 비행기를 탄 게 아니라고.

어쨌든 부처님의 가피와 닭살커플의 유쾌한 수다 덕분에 무사히 룸비니에 도착했다. 운전사에게 악수를 청하며 말했다. 당신이 베트맨이 아니고 그냥 베스트 드라이버라서 다행이었다고.

부처님이 탄생하신 룸비니는 장대한 히말라야가 북인도의 평원과 만나는 곳에 위치한 조용하고 작은 마을이다. 깨달음을 얻은 보드가야와 첫 설법지인 사르나트, 그리고 열반에 든 쿠시나가르와 더불어 4대 성지 중 한 곳으로 추앙받는 곳이다. 그러다 보니 성지 순례 하는 스님들 일행과 자주 만난다. 그들의 발걸음은 단정하고 표정은 다정하다. 집을 나서면 설사 이교도라 해도 열린 마음으로 다가서게 마련인데 이역 먼 곳에서 스님들을 만나니 눈을 마주치는 것만으로도 보배다. 합장!

룸비니에는 여러 나라들의 사찰이 모여 있지만 그중에서도 한국 절인 〈대성석가사〉는 게스트하우스를 겸하고 있어 사찰 체험을 하고 싶어 하는 외국인 여행자들에게 특히 인기가 많다. 곱게 늙은 절 마당에는 보리수나무 사이에 빨간색 골드무하르와 흰색의 바헬리아가 경쟁이라도 하듯이 화려하게 꽃을 피우고 있다. 여행에 지친 몸과 마음의 피로를 씻고 모처럼 경건한 마음으로 저녁예불에 참석했다. 먼 곳에 와서 법당에 앉으니 기분이 남다르다. 턱없이 많은 소원을 부처님 전에 쏟아냈다. 예불을 마친 후 마당에 앉아서 한참 동안 은단을 뿌려 놓은 듯 하늘에 떠있는 별들을 올려다 보았다. 그러고 보면 사람이 도시에 살면서 잊어버리고 사는 아름다운 게 참 많다. 달이 그렇고 별도 그렇다. 그러나 잊고 지내온 달빛이나 별빛이 어디로 없어진 게 아니다. 우리가 언제든지 고개를 들어 올려다 봐 주기만 하면 된다. 어둠 속에서 부처님 곱슬머리를 닮은 보살 꽃들이 두런두런 이야기 꽃을 피우고, 가만히 귀 기울이면 어디선가 늙은 스님의 하품소리가 묻어 나오는 정겨운 밤이다.

최후의 인간

《불타 석가모니》
와타나베 쇼코
문학의숲
2010

불교는 발상지인 인도뿐 아니라 서역과 중앙아시아, 티베트, 중국 등 역사적으로 광대한 시공간을 무대로 끊임없는 문화적, 지역적 변용을 거치면서 오늘날 우리가 아는 불교의 모습을 갖추었다. 불타를 어떻게 보는가 하는 것은, 불교 전체에 대한 태도를 결정하는 데 매우 중요한 일이다. 신의 아들이나 예언자로 이 세상에 나온 예수나 마호메트와 달리 석가모니는 우리와 같이 평범한 사람으로 태어나 인간무상의 고통과 무아無我를 경험한 한 인간이었다.

석존은 석가모니와 같은 뜻이다. 석가는 지금의 네팔 남쪽 국경 가까이에 있던 종족의 이름이고, 모니는 성자라는 존칭이다. 즉 '석가족 출신의 성자'라는 뜻으로 훗날 불타가 되었다. 따라서 불타를 말할 때는 반드시 석가모니, 또는 석존이라고 해야지 '석가'라고 해서는 안 된다. 또 부처는 '눈뜬 사람', '진리를 깨달은 사람'을 의미하는 존칭이다. 불타, 석가모니, 석존이라고 표현하는 것이 가장 적당하다. 그는 기원전 560년경에 왕자로 태어나 스물아홉 살에 출가하여 수행하다가 서른다섯 살에 불타로서의 깨달음을 얻은 다음 45년 동안 가르침을 편 뒤 여든 살인 기원전 480년경에 세상을 떠났다.

불교를 신행하는 궁극 목적은 불타의 참 모습을 만나기 위해서다. 그러니 불교를 이해하려면 무엇보다 먼저 석가모니의 생애를 알아야 한다. 일본의 불교학자 와타나베 쇼코가 쓴 《불타 석가모니》는 가장 탁월한 불타 전기로 손꼽힌다. 석가모니 일생의 중요한 일들을 종교적이면서 객관화된 시선으로 기록하고 있다. 단순한 한 위인의 생애에 한정하지 않고, 불타가 살았던 시대의 사회상과 당시 사상의 흐름과 문화적인 경향 등을 함께 다루고 있어 흥미진진하다. 법정 스님은 40대에 불일암에 머물며 열정을 바쳐 이 책을 처음 번역했고, 2010년 봄 입적 직전에 재출간에 대한 서문을 구술로 받아 적게 했다. 저자의 고대 인도철학과 문화에 관한 해박한 지식이 법정 스님의 차분한 번역과 어우러져 읽는 즐거움과 깊이를 더한다. 《불타 석가모니》는 불교의 창시자인 석가모니 한 사람의 편협하고 연대기적인 전기를 뛰어넘어 인간이 삶의 방향점을 어디에 두어야 하는가를 제시해준다는 점에서 구도서로 읽기에도 맞춤한 책이다. 서민을 위한 불교이야기인 〈자타카〉에 등장하는 전생 이야기로부터 시작해 이 생에서의 탄생, 성장, 결혼, 출가, 고행, 그리고 깨달음, 가르침, 열반에 이르기까지 불타의 전체적인 삶을 구성하는 핵심적인 사건들이 450쪽에 고스란히 담겨 있다.

श्री पशुपतिनाथ मन्दिर

고타마 싯타르타는 어느해 봄, 아버지 숫도다나 왕과 함께 농경제를 지내며 흙과 땀에 젖어 헐떡거리며 일하는 농부들의 모습을 애처롭게 쳐다보았다. 그러나 태자의 마음에 더 큰 충격을 준 것은 가래로 파헤친 흙 속에서 벌레가 꿈틀거리며 나타나자 어디선지도 모르게 새가 날아와 벌레를 쪼아 먹는 장면이었다. 생명이 있는 것끼리 서로 잡아먹지 않고는 살아갈 수 없다는 참혹한 현실을 견딜 수가 없어 태자는 가까운 숲에 들어가 깊은 생각에 잠긴다. 그 뒤 생전 처음 노인과, 병으로 죽어가는 사람과 시체를 보고, 그것이 삶의 과정임을 알았고 그 역시 처하게 될 운명이란 걸 직감했다. 거기서 자신이 어떤 운명을 선택해야 할지 깨달은 스물아홉 살의 고타마 태자는 궁을 나와 구도의 길에 오른다. 그런데 태자가 출가하기 바로 전 아들이 태어났다. 고타마는 이 소식을 듣고 "라훌라가 생겼구나!" 하고 외쳤다고 한다. 라훌라는 '장애'라는 뜻인데, 사랑해야 할 사람이 하나 더 늘면 그만큼 출가 결심이 늦어질 것 같아 태자는 서둘러 출가하기로 했다는 것이다. 그 장애물을 넘어 출가를 감행한 이가 불타이다. 결국 6년간의 고행 끝에 깨달음을 얻고 눈을 떠 불타가 되어 45년간 편력하면서 길 위에서 수많은 사람들에게 해탈과 열반의 길을 가르쳤다. 고통의 삶에서 벗어나는 방법을 가르치고 실천하는 일에 전념하였다. 불타는 고향을 향해 마지막 여행을 떠났다. 여든 고령의 나이에 지친 불타는 대장장이의 아들인 춘다가 공양한 버섯을 먹고 탈이 난다. 열반의 땅인 쿠시나가라에 도착한 불타는 최후의 순간까지 법을 설하며 임종을 맞았다. 제자들에게 마지막으로 알고 싶은 것이 있는지 세 번이나 물었지만 아무도 대답하는 이가 없자 불타는 다음과 같이 말했다.

> "그럼 비구들이여, 너희들에게 할 말은 이렇다. 모든 현상은 변천한다. 게으름 없이 정진하라." 이것이 여래의 마지막 말씀이었다고 경전은 기록하고 있다.
>
> 와타나베 쇼코, 《불타 석가모니》

무상하다. 그러니 게으름 없이 정진하라. 자기 자신과 진리를 등불로 삼고 거기에 의지해 정진하라는 가르침을 마지막으로 남기고 불타는 열반에 들었다. 불교의 최고 목적은 해탈이다. 해탈은 외적인 존재 즉 신의 힘이 아닌 스스로 명상을 통해서 진리의 세계에 이르는 것이다. 이것이 불교의 근본이다. 불교는 신의 종교가 아니다. 불교는 신을 믿지 않는다. 인간의 가르침을 전한다. 내면의 변화를 추구하는 자기함양의 실천윤리를 추구한다. '완전한 깨달음'을 얻기까지 불타 역시 한 사람의 보살이었다. 불타는 단지 자신의 구원에 이른 사람이 아니라, 스스로 고통에 대한 면역을 얻었음에도 다른 사람들의 괴로움에 공감할 수 있는 사람이었다. 자신을 비운 최후의 인간, 이것이 바로 불타의 위대한 점이다.

살다보면 무슨 책을 읽고 어떤 소리를 들어도 심란한 마음이 진정되지 않는 경우가 있다. 그럴 때 이 책을 읽으며 마지막 장을 덮을 쯤이면 합장하는 자신을 발견하게 된다.

이 책과 함께 읽으면 좋은 책들

"평전 읽기"

사실 역사란 것도 인간을 배제한다면 공허한 연대기에 불과하다. 그래서 훌륭한 생애를 기술하는 일이란 훌륭한 생애를 사는 일만큼이나 어려운 일이다. 평전 또는 전기문학에서 빼놓을 수 없는 사람이 슈테판 츠바이크이다. 오스트리아 태생으로 처음에는 소설을 썼지만 나중에는 전기문학으로 더 알려졌다. 《마리 앙투아네트 베르사유의 장미》, 《천재와 광기》, 《츠바이크가 본 카사노바 스탕달 톨스토이》 등 한 개인이 아니라 한 시대를 고스란히 담은 뛰어난 평전을 많이 남겼다. "평전은 신격화가 아니라 인간화 작업이다. 변명이 아니라 해명이 핵심이다"라는 그의 말처럼 치밀하고도 유려한 문장과 특유의 인물 재해석이 츠바이크가 쓴 평전의 특징이다. 특히 50,000 잔의 커피를 마시며 다작을 한 프랑스 대문호 《발자크의 평전》은 그의 유작으로 700페이지에 달하지만 한번 잡으면 쉼없이 읽게 만든다. 글쓰는 일을 평생의 업으로 삼겠다고 마음먹은 사람에게는 꼭 읽어보기를 권하는 책이다. 묵직한 바위가 가슴을 누르는 게 도망치고 싶거나 각오를 다지거나 둘 중 하나다. 츠바이크는 망명지 브라질에서 자살로 생을 마감했다.

누가 그래,
서유기가 애들 책이라고

《서유기(전 10권)》
오승은
솔
2004

깨달으면 찰나에 정업正業을 이루고
미혹되면 만 겁이 지나도 죄악의 물결에 빠져 있는 법
오롯한 마음으로 참된 수양한다면
갠지스 강 모래처럼 많은 죄업이라도 모두 없앨 수 있나니!

오승은, 《서유기》

당나라의 현장법사는 《서유기西遊記》에 등장하는 삼장법사의 실존인물로 16년간 인도를 여행했는데, 기록에 의하면 636년에 룸비니를 방문했다고 한다. 유럽의 탐험가들은 그가 쓴 《대당서역기》를 인도를 연구하기 위해 탐독했던 것으로 알려졌다. 《서유기》는 삼장법사와 그의 세 제자 손오공, 저팔계, 사오정이 서역(지금의 인도)으로 불경을 구하러 가는 모험담이자 깨달음의 과정을 온몸으로 보여 주는 구법기求法記이다. 삼장법사의 모델이 된 현장법사는 실존했던 당나라의 고승이다. 위진 시기에 중국에 들어온 불교는 소승불교로, 개인의 수행을 통한 해탈을 목적으로 한다. 반면 현장법사가 인도에서 가져온 불경은 중생을 제도해 해탈의 경지에 이르게 하는 것을 이상으로 삼은 대승불교 경전이었다. 우리에게 친숙한 동북아시아의 대승불교는 사실 불교 발상지인 인도에서는 오히려 '비주류' 소수파였다. 많은 중생을 깨달음으로 인도하겠다는 목표를 선언하며 기존 인도 불교에서 새로운 사상운동을 전개한 집단이 기존 주류 불교와 차별화하기 위해 스스로를 '대승', 즉 '큰 수레'로, 기존 불교를 '소승', 즉 '작은 수레'로 폄하하여 부른 것이다.

《서유기》는 할리우드 블록버스터를 능가하는 인류역사상 전후무후한 모험기다. 경전을 구해 중생을 구원하겠다는 치열한 구도의 서원誓願을 품은 삼장법사와 손오공을 비롯한 그의 세 제자가 펼치는 파란만장한 여정은 그 자체로 동양의 아라비안나이트다. 그러나 그동안 《서유기》는 본의 아니게 애들이 보는 책이라고 오해를 많이 받았다. 〈날아라 수퍼보드〉 등 TV나 만화를 통해 다분히 아동용으로 각색되거나 희화화戲畵化해서 그려진 경우가 많다. 그러나 사실 이 소설만한 성인용 텍스트도 따로 없다. 유불선儒佛仙에 대한 지식을 두루 갖고 있지 않으면 속재미를 제대로 느낄 수 없는 게 《서유기》다.

동승신주 오래국 화과산에서 돌알이 풍화돼 태어난 손오공은 보리조사에게 술법을 배우고 도를 깨쳐 원숭이 왕으로 등극한다. 그 후 용궁에서 여의봉을 얻고 불사의 몸이 되고 하늘에 대항하여 제천대성이 되지만 천도복숭아를 훔쳐 먹고 하늘에서 난동을 피우는 등 온갖 분탕질을 해대며 옥황상제의 속을 끓게 만든다. 결국 손오공을 제압하기 위해 석가여래가 서방에서 초대되고, 그 유명한 손오공과 석가여래의 한판 승부가 펼쳐진다.

> "그럼 나랑 내기 하나 하자꾸나. 네가 정말 재주가 있어 근두운을 타고 내 오른쪽 손바닥을 빠져나간다면 네가 이긴 걸로 쳐서, 다시는 병사를 동원해 힘들게 싸우거나 하지 않고 옥황상제더러 서방에 와 사시라 하고 이 궁전을 네게 양도해주마. 하지만 손바닥을 빠져나가지 못한다면 넌 다시 하계로 내려가 요물로 살면서 또 몇 겁을 수행한 후에야 다시 겨뤄볼 수 있을 게다."
>
> (중략)
>
> "내 벌써 갔다 왔수다. 이제 옥황상제더러 궁전을 넘기라고 하시지."
>
> 그러자 석가여래가 호통을 쳤어요.
>
> "요 오줌싸개 녀석! 넌 내 손바닥을 한 걸음도 벗어난 적이 없어!"
>
> "모르는 소리. 내가 하늘 끝까지 가보니까 살색 기둥 다섯 개가 푸른 하늘을 떠받치고 있기에, 거기에 표시까지 해두고 왔지. 나랑 같이 가서 확인해볼 데냐?"
>
> "갈 필요도 없다. 아래를 내려다 보거라."
>
> 제천대성이 새빨간 눈을 부릅뜨고 고개를 숙여보니, 웬걸? 부처님 오른손 손가락에 '제천대성 이곳에 와 노닐다'라고 씌여 있고, 엄지 손가락에는 원숭이 오줌 냄새가 아직 남아 있었어요.
>
> 오승은, 《서유기》

이렇게 꼼짝없이 갇힌 채 구리물을 먹으며 500년을 갇혀 지내던 손오공은 관음보살의 배려로 풀려나 삼장법사의 제자가 되어 경전을 구하기 위한 서역까지의 10만 8,000리, 시간으로는 무려 14년의 기상천외한 모험에 동행하게 된다. 여기에 은하수를 지키던 장군이었다가 월궁의 항아를 탐한 죄로 요괴가 된 저팔계, 천상에서 근무하다 잠깐의 실수로 추방당한 사오정, 거기다 용왕의 아들인 용마까지 구법길을 함께 떠날 외인구단이 꾸려진다. 월드컵에서 뮐러만으론 우승할 수 없듯이 이들 중 누구 하나가 빠져도 이 월드 트래블은 불가능하다. 목적지는 당시 지식과 학문, 지성의 성소였던 인도의 날란다 사원이다. 그곳에 가서 불경을 가져와 어리석은 중생을 일깨우는 것이 최종 목적이었다. 이제 불교는 개인의 구원에서 벗어나 중생구제라는 원대한 꿈을 꾸게 된 것이다. 《서유기》에서 관세음보살 또는 관음보살은 시종일관 이들을 엄호해주는 수호신으로 나온다. 미래불인 미륵불이 오기 전까지 보살들이 중생을 구원하는 역할을 맡게 되는데 그중 가장 유명한 보살이 관세음보살이다. 티베트의 달라이라마 같은 이가 관음보살의 현신으로 여겨진다. 원래 초기 불교에서는 관음보살이 남자로 그려졌다고 한다. 그러나 당나라 때부터 탱화나 불상에 관음보살이 여자 모습으로 나타나기 시작한다. 《서유기》에서도 관음보살은 머리에 보관을 쓰고 몸에는 장신구들을 치렁치렁 달고 다니고 손에 보병寶瓶이나 연꽃을 들고 있는 등 그의 '성 정체성'은 여성으로 묘사되고 있다. 그러나 이 여성성은 남성 대對 여성이라는 이항대립을 뛰어넘는 '충만한 신체'로서의 여성성이다. 그런데 이런 지엄하신 관음보살에게 손오공이 거침없이 불만을 토로하는 장면에서는 저절로 웃음이 나온다. "관음보살도 정말 지독하군! 이제 와서 도리어 요괴들을 시켜 목숨을 위협하다니! 말이 틀리지 않은가? 평생 혼자 사는 것도 당연해!"

손오공이 근두운을 타고 날아다니며 72가지 변신술을 자유자재로 구사하는 등 무소불위의 파워를 갖추기는 했지만 그들 앞을 가로막는 요괴들과 81난難 앞에 속수무책일 경우가 있다. 그런데 요괴 중에는 오랫동안 수행과 수련을 해온 구도자의 모습인 경우도 있다. 자연의 이치와 도술을 터득하는 과정에서 욕망의 벡터가 약간 틀어져버리면 바로 요괴의 길로 떨어져 버린다. 구도의 길을 포기하고 정착의 유혹에 빠져 버리는 순간이 그때다. 그럴 때마다 그들은 관음보살의 도움을 받아 무사히 다음 길을 떠난다. 그러나 싸움은 단지 요괴들하고만 하는 게 아니다. 길 위에서 마주치는 수많은 요괴들은 시도 때도 없이 떠오르는 우리 마음속 탐耽(욕심) · 진瞋(분노) · 치癡(어리석음)의 다른 얼굴이다. 이 시도 때도 없이 나타나는 욕망이 우리 앞을 가로막는다. 구도의 길과 탐 · 진 · 치가 마주치는 곳이 다른 곳이 아닌 일상의 길이거나 우리 마음속이라는 것을 유감 없이 보여 준다. 여자와 음식 앞에서는 모든 판단이 정지되는 저팔계는 '탐욕'의 화신이요, 폭력본능을 제어하지 못해 툭하면 살생을 저지르는 손오공은 '분노'의 화신이고, 눈치제로에 존재감 없는 사오정은 '어리석음'의 화신이다. 거기다 삼장법사는 세상물정에 어둡고 소심하고 판단력까지 부실하다. 그러나 진리탐구를 향한 일관된 마음과 원양(생명 활동에서 힘의 근원이 되는 신의 양기)을 지켜내는 담백한 일상이 이 무모한 여행을 가능하게 하는 원동력이 되는 것이다. 그런데 실제 현장 스님은 소설 속 좀 모자란 삼장법사와 달리 강한 의지와 명석한 두뇌, 물 흐르는 듯 유연하기 이를 데 없는 언변과 탁월한 소통능력, 거기다 깊은 지혜와 훌륭한 인품까지 거의 완벽한 지도력을 갖춘 인물이었다고 한다. 그런데 소설 속에서는 이런 엄청난 능력을 삼장법사 혼자 독차지하지 않고 세 명의 제자들과 골고루 나누어 갖는 것으로 설정하고 있다. 스승이 너무 똑똑하고 잘나면 제자들이 할 일이 없어진다. 그 밑에 기어들어가 세력으로 들러붙고 교세 확장이나 하고 겨우 깍두기 역할 밖에 못한다. 부족한 삼장법사 속도로 가서 서역까지 갈 수 있었다. 그것이 길 위에서 함께 사는 방법이다. 얼마나 위대하고 지혜로운 삶의 용법인가. 《서유기》는 길을 나서는 자만이 발견할 수 있는 존재와 삶의 구원에 관한 장쾌하고 강렬한 서사문학을 유감 없이 보여준다. 쉴 새 없이 쏟아지는 깨알 같은 유머는 물론 매 권마다 이어지는 금쪽 같은 속담이 대大 장편임에도 지루할 틈이 없게 만든다.

> 쉽게 얻은 것은 소홀히 여기게 된다.
>
> 복은 쌍으로 오지 홀로 내려오지 않고 화는 홀로 오지 않는다.
>
> 고수는 서두르지 않고 서두르는 자는 고수가 아니다.

오승은, 《서유기》

기본 텍스트로 읽은 솔출판사에서 나온 10권짜리 전집은 일단 번역이 참 맛깔스럽고 감칠맛 난다. 뜻만 옮기는 게 아니고 원전의 분위기까지 생생하게 전달하기 위해 공을 들인 노고가 그대로 드러난다. 이러다 순식간에 10권을 다 읽는 게 아닌가 하고 남은 쪽의 두께를 자꾸 재게 되는 게, 어린 시절에 만화방에서 침 묻혀가며 만화를 읽던 느낌과 비슷하다.

대성석가사 마루에서 깜빡 졸다가 눈을 떠보니 별 하나가 유성처럼 성호를 긋고 저 멀리 사라지고 있다. 순간 손오공이 관음보살에게 도움을 청하기 위해 근두운을 타고 바삐 남해 보타산으로 날아가는 듯한 착각에 빠졌다. 어제는 태어나고 오늘은 살고 내일은 죽는 게 인생이라니 서역의 한 모퉁이에서 눈꺼풀이 다시 무거워졌다.

이 책과 함께 읽으면 좋은 책들

"대하소설을 읽는 쏠쏠한 재미"

문청이라면 누구나 문학전집을 읽으며 밤을 새웠던 추억이 있을 것이다. 군대 제대하고 대학도서관으로 복학 준비하려고 찾아간 첫날, 입구를 잘못 찾아 들어가 열람실에 꽂힌 황석영 대하소설 《장길산》 1권을 펼쳐들었다가 결국 온통 정신을 빼앗기며 며칠 동안 읽었던 기억이 난다. 그러나 요즘같이 파편화되고 경박해진 독서풍토에서 전집은 고사하고 장편을 읽는 것도 그리 녹록한 일은 아니다. 그러나 소설은 여전히 문학의 대표 장르고 그중에서도 대하소설은 작품 속 인물들의 내면을 깊숙이 길어 올리며 긴 호흡으로 읽어내야 하는 고단한 대상이다. 그러나 그렇기 때문에 삶에 의문이 많은 사람들이라면 대하소설 읽는 쏠쏠한 재미를 절대 포기하지 않을 것이다.

《임꺽정》(홍명희) : 조선 명종 대를 배경으로, 당대를 주름잡던 화적패 '청석골 칠두령'을 앞세워 조선시대의 사회와 정쟁, 풍속과 일상을 구수한 입말과 함께 생생하게 그려냈다. 이광수, 최남선과 더불어 조선의 '3대 천재'로 꼽혔던 벽초 홍명희의 유일한 작품이자, 남북한이 함께 자랑해 마지않는 아주 드문 고전이다.

《객주》(김주영) : 왕후장상, 영웅호걸이 아니라 이 땅의 민초를 주인공으로 한 최초의 대하역사소설이다. 조선 팔도를 아우르는 보부상들의 애환이 고유 언어와 대중서사를 통해 실감나게 그려져 있다. 지난 6월에는 작가의 고향인 경북 청송에 이 소설을 소재로 한 '객주문학관'이 개관했다.

《홍루몽》(조설근, 고악) : 청나라 왕조가 절정에 이른 18세기, 중국 최고의 명문가 저택인 '영국부'를 배경으로, 거대가문의 흥망성쇠와 청춘남녀의 아름다운 대서사가 그려진 중국 최고의 소설이다. 중국문화와 중국인을 제대로 이해하기 위해서라면 《삼국지》보다 먼저 읽어야 할 중요한 책이다.

집 떠나면 개고생? 아니거든요

《엄마, 일단 가고 봅시다》
태원준
북로그컴퍼니
2013

"아무리 생각해봐도 세상에는 두 부류의 사람이 있다. 집에만 있는 사람들과 그렇지 않은 사람들." (리디어드 키플링)

여행이라는 의미의 Travel은 고생을 뜻하는 Travail에서 나왔다고 한다. "집 떠나면 개고생"이라는 말이 그래서 생겼는지도 모른다. 그러나 여행, 특히 해외여행은 상상만으로도 우리의 가슴을 뛰게 한다. 대개는 누구랑, 어디로 가는지가 그 상상의 시작이다. 그런데 서른 살 미혼의 아들이 그것도 환갑을 맞은 엄마와 함께 단둘이서 10일, 100일도 아니고 300일 동안 세계 일주를 했다. 엄마의 속도에 맞춘, 엄마에게 바치는 헌정 여행이기도 한 이 기막히고 흥미진진한 여행 경험을 담은 책이《엄마, 일단 가고 봅시다》이다.

일단 제목부터 마음에 와 닿는다. 부제 역시 눈길을 끈다. '키만 큰 30세 아들과 깡마른 60세 엄마 미친 척 300일간 세계를 누비다.'

친구나 연인이나 애인도 아니고 엄마와 함께 그것도 10개월 동안이나 여행을 간 계기가 따로 있다. 몇 년 전에 아버지가 돌아가시고 또 외할머니마저 바로 돌아가셔서 굉장히 슬펐다. 엄마에겐 남편과 어머니를 잃은 것이었기에 더 힘들어 했다.

그러다가 엄마가 환갑을 맞아 무슨 선물을 해드릴까 여러 가지 고민을 하다가 세계여행을 시켜드리면 어떨까 하는 생각을 하게 된 것이다.

처음에는 무슨 가당치 않은 소리냐고 고개를 젓던 엄마가 두 달 동안 계속 조르는 아들한테 결국 손을 들고 말았다. 여행을 위해서 엄마는 가게를 정리했고, 아들 역시 하던 일을 그만두었다. 그렇게 해서 중국 칭다오를 시작으로 동남아시아의 거의 모든 나라를 거쳐 영국 런던으로 끝나는 장장 10개월 간에 걸친 여행이 시작되었다. 한 푼이라도 아끼려는 아들과 한 걸음이라도 쉬고 싶어 하는 엄마는 여행 중 다투기도 했다.

그러나 그 긴 여정에서 아들은 엄마가 더도 덜도 말고 매일 딱 세 번 아무 걱정 없이 신나게 웃을 수만 있다면 그것으로 족하다고 생각했다. 책 속에는 정말 그랬을까 싶은 흥미로운 이야기들과 모자간의 훈훈한 속내가 담긴 사연이 넘쳐난다. 여행의 여운을 생생하게 담은 사진은 보너스다.

아들(태원준)은 이 책으로 당당히 작가로 데뷔를 했다. 서른 살 아들도 힘들었던 세계여행을 마치고 돌아온 예순 살 엄마의 귀국 소감은 더 놀랍다. "세계여행, 별거 아니네!"

저자는 여행 중에 평소와 다른 엄마의 다른 모습을 발견하고 적잖이 놀랐다고 한다. 영어 한마디 못 하면서도 외국인 친구들을 사귀고, 남들 앞에 나서는 걸 잘 못 하고 쑥스러움을 많이 타던 엄마가 중국의 한 공원에서 춤추고 노는 사람들 사이로 불쑥 뛰어들어서 같이 춤을 추었다. 무엇보다 오래된 시장이나 골목 같은 데를 걷다가 엄마한테 듣는 어린 시절 얘기는 그 자체로 살아 있는 여행이었다. 이렇게 모자는 여행을 통해 서로를 조금씩 더 알게 되었고, 여행지에서 나눈 경험은 앞으로 평생 함께 살면서 간직할 소중한 추억으로 남게 되었다.

> 방금 전까지 옆에서 고개를 까닥이며 사람들을 구경하던 엄마가 슬그머니 무리에 뛰어들어 열심히 춤을 추고 있는 것이다. (중략) 활짝 웃으며 앞사람의 춤을 따라 추는 엄마. 소심하던 엄마의 동작이 점점 커진다. 엄마가… 여행을 즐기고 있다!
>
> 태원준, 《엄마 일단 가고 봅시다》

책 뒤에는 여행을 무사히 마치고 돌아온 엄마가 아들에게 쓴 감동적인 편지가 적혀 있다. 엄마는 세계 속으로 들어가보니 나이도, 체력도, 영어를 못 하는 것도 아무 문제가 되지 않는다는 걸 깨달았다고 한다. 그러면서 인생이라는 여정에서 철드는 시간은 따로 있지 않다는 것을 발견했다고 하니 참 부러운 모자母子가 아닐 수 없다.

1편에 해당하는 이 책에는 중국과 동남아시아, 중동을 여행한 이야기가 실려 있다. 2편 《엄마, 결국은 해피엔딩이야!》는 유럽편이다. 유럽의 다양한 모습과 더불어 '놀 줄 아는' 반전 있는 엄마와 그런 엄마를 부추기는 아들이 사람 사이를 여행한 유쾌한 이야기들을 만나 볼 수 있다.

그런데 인도에서 실제로 함께 여행하는 모자 커플을 만났다. 《엄마, 일단 가고 봅시다!》처럼 충남 공주에서 온 30대 청년(이진선)이 어머니를 모시고 한 달 간 인도와 네팔을 여행하는 중이란다. 모자母子의 연령이나 외모가 책에 나오는 상황과 여러 모로 닮아 신기했다. 공주는 내 고향인 터라 반가운 마음에 이런저런 많은 얘기를 나누게 되었다.

룸비니를 대표하는 성원구역은 부처님의 탄생과 관련한 모든 유적지가 모여 있는 곳으로 마야데비 사원, 아쇼카 석주, 보리수 등의 볼거리가 많아 불자 여행자들이 즐겨 찾는다. 그런데 마야부인이 고타마 왕자를 출산한 뒤 목욕을 했다고 전해지는 마야데비 연못에서 흐뭇한 장면을 목격했다. 진선이가 어머니 발을 씻겨 드리고 꽃을 바치며 "다음 생에도 당신의 자식으로 태어나게 해 주세요" 하고 깜짝 고백을 한 것이었다. 주위에 있던 많은 사람들이 박수와 축복을 보냈다. 그 순간 청년은 고타마 왕자였고 그 어머니는 마야부인이 되었다. (진선아! 그때 어머님이 뭐라고 대답을 하셨니? 사람들이 치는 박수 소리 때문에 못 들었는데, 혹시 어머님이 아무 대답도 안 하신 건 아니지? ㅋㅋ)

타라이 평원 너머로 해가 뉘엿뉘엿 지고 있었다. 이젠 연세가 많으

셔서 허리를 제대로 펴지도 못하시는 어머니를 떠올리니 나도 모르게 눈가에 눈물이 고였다. 가만히 "어머니!" 하고 불러본다. 반얀나무가 바람결에 자비롭게 흔들린다. 그 곁을 한동안 떠나지 못했다.

이 책과 함께 읽으면 좋은 책들

"여행이 인생이다"

프랑스 작가 외제 다비는 이렇게 말했다. "세계는 한 권의 책이다. 여행하지 않는 사람은 그 책을 한 쪽밖에 읽지 못하는 셈이다." 그렇다면 여행은 세계라는 책을 읽는 한 방식일 수도 있고, 모든 책은 여행서라고 봐도 무방할 것이다. 여행을 추동推動하는 책을 읽는 그 순간이 여행의 시작일 수도 있다.

《글로벌 거지 부부》(박건우) : 세상엔 참 별난 사람들이 많다. 국적과 나이는 물론 상식까지 초월한 아홉 살 연상연하 커플의 무일푼 여행기다. '대한민국 사회 부적응자'라고 자칭하는 저자가 '일본 활동형 히키코모리' 미키와 두 번째 만남에서 청혼하고 결혼한 뒤, 집도 절도 없이 동남아시아를 떠돌며 살아가는 이야기를 솔직하게 담아낸 책이다.

《어쩌면 우리는 모두가 여행자》(강지혜 외 33명) : 여행에세이 공모전에 당선된 평범한 사람들 34명의 여행 이야기를 모은 책이다. 이들은 저마다 서로 다른 시간과 장소에서 보고, 듣고, 만나고, 느꼈던 에피소드를 잊을 수 없는 한 장면과 함께 풀어 놓았다. 그러니까 우리 모두가 함께한 여행인 셈이다.

《트래블 토킹》(엘리야 오 타이샤 킴) : '그 어디든, 여행에서 필요한 건 짧은 영어다'라는 부제가 책의 모든 것을 말해준다. 여행 중, 필요한 순간에 할 수 있는 가장 짧은 표현과 단어를 담았다. 일단 떠나야 되겠는데 영어에 자신 없어 멈칫 하는 사람에게 반가운 책으로, 배낭 맨 위에 놓아야 할 필수품이다.

11

델리

다시 델리에 오다

델리, 떠나고 돌아와 쓰다

소나울리 국경을 넘어 다시 인도로 입국한 후 고락푸르에서 야간열차에 몸을 실었다. 14시간 후면 다시 델리에 닿을 것이다. 돌아갈 때가 되었는지 매번 쫓기는 꿈을 꾼다. 잠은 얕고 꿈은 허망하다. 꿈속에서 매양 출구를 못 찾아 허둥대기 일쑤다. 단단한 줄 알고 내딛었던 곳이 금세 허방이다. 설핏 잠이 들었는가 싶었는데 기차 안이 어수선한 것이 델리가 가까워오는 모양이다. 여명 속에서 도시가 느릿느릿 꿈틀거리며 깨는 소리가 들린다. 양치를 하러 가던 인도인이 실수로 발을 밟고 지나간다. 졸음이 가시지 않은 얼굴에 미안함이 가득하다. 최대한 크게 웃어주며 말했다. "No Problem!" 나도 그새 반은 인도사람이 된 모양이다. 저쪽 칸에서 짜이 파는 사람이 건너오고 있는 것을 보고 주머니 속에서 루피 잔돈을 꺼내 들었다.

신과 인간의 전쟁

《신들의 사회》
로저 젤라즈니
행복한책읽기
2007(개정판)

푸른 매연으로 가득한 도시, 델리에 다시 왔다. 이번 여행의 마지막 코스다. 남은 시간 동안 여기저기 부지런히 헤집고 돌아다니기로 했다. 자타가 공인하는 뉴델리 최고의 볼거리가 '구뜹 미나르'라고 하길래 찾아 나섰다. 흥정을 하고 릭샤에 오르니 곡예를 하듯 질주하기 시작한다. 이제는 릭샤 위에서 아찔함을 피하기 위해 눈을 감는 게 아니라 잠깐이나마 노곤함을 피하기 위해서다. 그 새 릭샤가 만들어 내는 진동에 맞춰 쪽잠을 청할 여유가 생긴 것이다. 델리의 대표적인 상징물이자 인도의 에펠탑이라 불리는 구뜹 미나르는 높이가 72.5m에 달하는 일종의 승전 기념탑으로 유네스코 문화유산 중 하나다. 인도에 현존하는 가장 거대한 탑 중 하나로, 힌두교 왕조를 멸망시킨 이슬람교의 힘을 과시하기 위해 세워졌다. 구뜹 미나르의 미나르는 모스크 안의 탑을 뜻하는 미나레트의 인도식 발음으로 이슬람 교도들에게 예배시간을 알리는 곳이다. 인도를 여행하다 보면 새벽녘에 '알라 호 아크바르~'로 시작하는 기도 소리를 들을 수 있는데, 십중팔구 주변의 어느 모스크 미나레트 위에서 나는 소리일 것이다.

'그런데, 저 탑 어디서 본 듯하다, 어디서 봤지?
그래, 《신들의 사회》'

로저 젤라즈니의 SF(공상과학)소설 《신들의 사회》의 표지에 실린 사진이 바로 구뜹 미나르다. SF에 그다지 관심이 없는 사람이라도 로저 젤라즈니의 이름은 들어보았을 것이다. 로저 젤라즈니는 1960년대에 혜성처럼 등장한 이후 30여 년에 걸쳐 SF와 환상문학계 양쪽에 찬란한 궤적을 남긴 미국 뉴웨이브가 낳은 최고의 스타 작가다. 이지적이고 세련된 문체, 에조틱하고 현학적인 아이디어로 "한 세대에 나올까 말까 한 뛰어난 작가"라는 찬사를 받았다. 시오도어 스터전, 어슐러 K. 르귄, 제임스 팁트리 Jr, 윌리엄 깁슨 등과 함께 SF의 한 시대를 풍미했던 거장이다. SF와 판타지 양쪽 모두 사변적 혹은 환상적인 요소 없이는 성립되기 힘들다. 그러나 SF는 그중에서도 가장 놀라운 상상력이 집대성된 장르로써, 과학적인 세계관을 반영한다는 점에서 판타지와 가장 큰 차이를 나타낸다. 다시 말해 SF는 우주를 합리적인 탐구가 가능한 대상으로 본다.

《신들의 사회》는 SF상 중 네뷸러상과 함께 가장 유명한 상으로 꼽히는 휴고상 수상작(1967년)으로 방대한 힌두신화와 불교를 과학과 결합해 소설로 창조해낸 걸작 중의 걸작이다. 난해한 인도신화와 과학지식을 어쩌면 저리도 교묘하게 섞었는지 마치 무협지와 심오한 종교서적을 함께 읽는 듯한 야릇한 기분이 들면서 경탄이 절로 나는 책이다. 여행을 준비하며 인도에서 읽을 책을 고르려고 몇 장을 넘기다가 그만 그 자리에서 다 읽어버리는 바람에 정작 인도에는 갖고 오지 않은 것을 여행 내내 후회했다.

> 그가 어떤 선택을 하든 간에 얻는 것과 잃는 것, 도착과 출발은 공존하는 거야. 그는 언제나 잃어버린 것을 애석해하고, 새로운 것의 일부를 두려워하고 있네. 이성은 인습과 싸우고, 감정은 다른 자들에 의해 부과될지도 모르는 속박과 충돌하는 거야.
>
> 로저 젤라즈니, 《신들의 사회》

먼 미래 새로운 행성을 발견한 '제1세대'는 유전자 조작을 비롯한 과학기술을 독점하며 고대 인도를 방불케 하는 '천상도시'를 건설, 수 십 세기 동안 불사신으로 군림한다. 이들은 힌두교의 지배체제를 받아들여, 그들 자신이 힌두교에 존재하는 '신'이 되어 엄격한 신분제도로 일반 '인간'을 완전히 통제한다. 하지만 제1세대 가운데서도 과학기술의 도입과 카스트제 철폐를 주장하는 촉진주의자가 나타나 다른 신들의 박해를 피해 하계로 내려와 고독한 투쟁을 벌인다. 그 거두가 '마하사마트만, 또는 붓다, 정각자, 악마의 구속자, 빛의 왕, 또는 간단히 샘'이라고 불리는 남자다. 그는 신이 되어 편히 살 수도 있었지만 그런 혜택을 사양하고 지배 원리인 힌두교를 따르는 대신 금지된 과거의 지식인 불교를 설파하며 수차례에 걸쳐 하늘에 도전한다.

《신들의 사회》는 브라마, 비슈누, 시바 등 힌두의 주연급 신들이 화려하게 캐스팅된 소설이다. 인도를 여행하며 마주치는 그 숱한 신들의 이름이 족보처럼 들어앉아 있어, 부적처럼 들고 다니며 읽기에 이만한 책이 없다. 그러나 당장 인도를 여행할 계획이 없다면 그의 중단편집 《전도서에 바치는 장미》와 《드림 마스터》를 먼저 읽어도 좋을 것이다. 《전도서에 바치는 장미》는 SF 특유의 기발한 상상, 만만찮은 과학상식, 그리고 내공 있는 철학이 어울려 SF를 언급할 때 첫손에 꼽는 작품이고, 《드림 마스터》는 그 안에 젤라즈니의 탁월한 연애소설인 《마음은 차가운 무덤》이 들어 있기 때문이다.

이 책과 함께 읽으면 좋은 책들

"장르소설도 문학이다"

장르문학은 추리소설을 비롯하여 스릴러 · 공상과학 · 공포 · 판타지 · 로맨스 등의 대중문학을 말한다. 일정 연령 이상 세대는 수업시간에 이런 책들을 교과서 밑에 깔고 읽다가 불려 나간 경험이 한 번 이상은 있을 것이다. 그러나 요즘 애들은 단문의 SNS에만 익숙해져 있어 장문의 글은 아예 읽을 엄두를 못낸다니 어이가 없을 지경이다. 《로마인 이야기》를 쓴 시오노 나나미는 "외국어를 배우는 제일 좋은 방법은 그 나라의 추리소설을 읽는 것"이라고 말한 적이 있다. 사전 일일이 찾아가면서 보면 흐름이 끊기니까, 그냥 한 번에 쭉 읽게 된다는 거다. 그러니 읽는 기능이 퇴화된 디지털 시대에 장르소설을 일단 '텍스트 중독'에 빠지기 위한 선봉대로 삼는 것도 좋지 않을까.

《뉴로맨서》(윌리엄 깁슨) : 3대 SF 문학상인 휴고상, 네뷸러상, 필립K딕상을 석권한 최초의 작품이다. 중요한 것은 이 소설이 문학뿐만 아니라 첨단공학, 디자인, 문화인류학 등 수많은 영역에서 중요한 의미를 발하는 혁명적인 저작이라는 것이다. 사이버펑크라는 새로운 문화코드의 기원이기도 한 이 작품은 〈매트릭스〉를 비롯한 최신 SF 영화들의 원형이 되었다.

《닥터슬립1,2》(스티브 킹) : 스티브 킹은 독자들의 데이트 약속을 깜박 잊게 만들고 불 위에 올려놓은 저녁밥을 홀랑 태우게 하며 런던발 뉴욕행 비행기 안에서 뉴욕이 가까워질수록 아쉬워하게 만드는 명실상부한 세계 최고의 베스트셀러 작가다. 발표하는 작품마다 밀리언셀러를 만들어주는 팬들과 거액을 들여 신작을 거푸 사들이는 할리우드라는 든든한 배경을 가지고 있는 대중 소설의 거장이다.

《당신 인생의 이야기》(테드 창) : 테드 창은 거의 모든 작품이 휴고상이나 네뷸러상 등 과학소설계 유수의 문학상들을 휩쓴 것은 물론이고, 세계적 권위의 과학저널인 〈네이처〉지誌에 연이어 그의 소설이 실릴 정도로 주목받고 있다. 오죽하면 "테드 창의 유일한 단점은 작품을 자주 쓰지 않는다는 것"이라는 말이 있을까. 이 책은 그의 대표작 8편을 모은 작품집으로 언어학, 인류학, 심리학, 사회학, 신화, 신학 등 다양한 분야의 독창적이고 흥미로운 분야가 총망라되어 선보인다.

읽고 쓰는 것,
그것이 혁명이다

《잘라라 기도하는 그 손을》
사사키 아타루
자음과모음
2012

델리에서의 마지막 밤이다. 짐을 정리하다 말고 내 서재를 떠올렸다. 떠나오기 전까지 몇 번인가를 줄치며 읽은 《잘라라 기도하는 그 손을》이 펼쳐져 있을 것이다. 현재 일본 사상계에서 가장 주목받는 비평가이자 젊은 지식인 사사키 아타루가 책과 혁명에 대한 생각들을 자유롭게 담아낸 에세이다. 저자는 루터를 비롯해 마호메트, 니체, 도스토예프스키, 프로이트, 라캉, 버지니아 울프 등 수많은 개혁가와 문학가, 철학가를 통해 '책이 곧 혁명'임을 이야기한다. 그러니 철학이 끝났다거나 문학의 시대가 저물었다거나 하는 주장은 낭설이다. 제목이 특이한 이 책을 독서모임에서 함께 낭독하며 '손댕강'이라는 별명을 붙여 줬다. 짐 정리를 끝내고 킹 피셔를 홀짝이며 이 책을 떠올렸다.

www.indiatoday.in
THE CANVAS
INVESTIGATORS
TARGET POLITICIANS
OUGLAS
ENNEDY
Lämna världen
"... en oförglömlig läsupplevelse"
The Times

당신!

어디에 있나요? 지난 여름 무렵 이탈리아 북부에 있는 작은 도시의 도서관을 배경으로 보내온 엽서를 마지막으로 소식을 들을 수가 없군요. 발밑에 낙엽이 쌓이는 이맘 때면 남이섬 메타세콰이어 길이 생각납니다. 낙엽을 밟을 때마다 추억이 함께 부서질까 마음이 쓰였던가요, 팔짱을 두른 곳에 얼마나 힘을 주었는지 파란 힘줄이 돋아나던 당신의 가늘고 긴 팔이 기억납니다.

지금도 책을 읽고 있을 당신!

요즘은 어떤 책이 당신을 잡고 있나요, 여전히 폴 오스터나 네루다를 끼고 사나요? 난 '책과 혁명에 관한 닷새 밤의 기록'이라는 부제가 붙어 있는 《잘라라, 기도하는 그 손을》이란 책을 막 읽었습니다. 목도 아니고 손을, 그것도 기도하는 손을 자르라니 참 도발적인 제목이다 싶죠. 일본의 젊은 비평가 사사키 아타루가 문학이 어떻게 해서 혁명의 근원이며, 혁명이 될 수밖에 없는지를 밝힌 책입니다. 문학이야말로 혁명의 본질이며 "읽는 것, 다시 읽는 것, 쓰는 것, 다시 쓰는 것, 이것이야말로 세계를 변혁하는 힘의 근원"이라고 말합니다. 책과 혁명의 '관계'를 다루는 것이 아니라 책 읽기 자체의 혁명성을 담고 있습니다.

책, 혁명, 어쩐지 가슴 떨리는 단어 아닌가요. 혹시라도 그래서 이 책을 손에 잡았구나 하고 생각하진 않겠죠. 당신이나 나나 이젠 열 손가락을 네댓 번 쥐었다 폈다 할 만큼 나이를 먹었으니까요. 지난 여름에 독서모임 회원 중 하나가 자신의 고향인 경북 예천으로 책

읽기와 휴가를 겸한 북캉스를 제의해 따라간 자리에서 엉겁결에 읽기로 한 책입니다. 이 책을 먼저 읽은 한 후배가 술자리에서 연신 침을 튀기며 함께 읽자고 꾀는 바람에 그보다 주량이 약한 우리들이 넘어가고 말았습니다. 사실 모임에서 함께 읽으려고 마음에 두었던 책은 따로 있었는데 말이죠. 책을 읽던 두 달 내내 그 후배는 회원들의 감탄과 한숨과 탄식을 고스란히 받아 내야 했습니다. 책의 여운이 술자리로 이어져 긴 대화와 토론으로 밤을 지샌 적도 여러번이었습니다.

독서가 전부인 당신!

언젠가 취미가 뭐냐는 질문에 한 순간의 망설임도 없이 '독서'라고 서슴없이 말했던 당신, 얼굴빛을 꾸미거나 목소리를 바꾸지 않고도 그렇게 대답할 수 있다는 것에 내심 많이 놀랐습니다. 그날 이후로 취미난에 '독서'라고 쓰는 사람들을 더 이상 이상한 눈으로 쳐다보지 않게 되었습니다.

그런데 당신, 여전히 독서를 '취미'라고 여기나요? 이 책은 독서가 더 이상 '취미'가 될 수도 없고 되어서도 안 된다고 말합니다. 서점이나 도서관이라는 얼핏 평온해 보이는 곳이 사실은 발광해버리는 화약고나 탄약고 같은 끔찍한 장소라는 것이죠. 독서를 단순히 '취미'라고 말하는 사람들에게는 아찔한 말로 들립니다.

지금 이 시간 우리 동무들 대부분은 '회사'에 있습니다. 그들은 회사 안에서 정해진 몸가짐을 하고, 정해진 행동거지를 하고, 그렇게 '안무되어' '춤추는' 것이 강제되고 '훈련'되어 있습니다. 그 강제

와 교환하여 약간의 임금을 받고 말이죠. 그런데 첫 쪽을 펼치고 얼마 지나지 않아 이런 대목을 만나고 부터는 읽기를 잠시 멈출 수밖에 없습니다. '누구의 부하도 되지 않았고 누구도 부하로 두지 않았다' '현재를 쫓는 자는 언젠가 현재에 따라 잡힌다' 어떤가요. 당신과 내가 젊은 시절 가슴 속 열기와 불면의 밤들을 치유하기 위해 함께 읽었던 오쇼와 크리슈나무르티가 생각나지 않나요. '세상을 살되 세상에 소속되지 말라'는 그 말을 세포 구석구석까지 각인시키느라 더디게 보냈던 그 시절이 엊그제 같은데.

독서가 '당신'인 당신!
그러고 보니 당신 손에서 책이 떨어진 모습을 단 한 번도 본 적이 없습니다. 당신 아버지의 부고를 무심하게 전하던 그날도 당신 손에는 장 그르니에의 《섬》이 들려 있었습니다. 그날 이후 당신은 '섬'처럼 내 삶에서 멀리 물러났고, 내 서재에서는 한동안 《섬》을 발견하기가 어려웠습니다. 휘파람 소리는 입에서만 나는 게 아니고 가슴에서도 날 수 있다는 것을 그때 처음 알았습니다.
독서에 대한 찬탄과 경애를 끝내 버리지 않는 이 책은 당신같은 사람에게 읽혀져야 합니다. 가령 52쪽에는 이런 대목이 나옵니다.
최후 심판의 날 아침에 신은 위대한 정복자, 법률가, 정치가들에게 보석으로 꾸민 관이나 월계관 또는 불멸의 대리석에 영원히 새겨진 이름 등을 보답으로 줍니다. 그런데 우리가 옆구리에 책을 끼고 오는 것을 보시고 선망의 마음을 담아 이렇게 말합니다. "자, 이 사람들은 보답이 필요 없다. 그들에게 줄 것은 아무것도 없다. 이 사람들은 이미 책 읽는 걸 좋아하니까."

어떤가요. 독서의 즐거움은 신도 선망하게 한다는 이 말을 당신이 아니면 누가 믿을까요.

독서가 혁명이 될 당신!

책이, 독서가 혁명이라고 말했습니다. 어찌 한가롭게 '독서'가 혁명이 될 수 있다는 것인지 아직도 의아한가요. 그러나 본디 혁명이란 것이 일상에서 출발해야 하고, 내면에서 동의해야 하고, 변화의 가치를 내 몸과 의식이 함께 느껴야 하는 거라면 바로 '책'이 그렇다는 것에 동의하게 될 겁니다. 한 발만 더 나가 볼까요. 읽는다는 것, 그래서 알게 된다는 것이 얼마나 에로틱한 것인지를 당신과 나는 알고 있지 않나요. 신은 어찌하여 우리에게 책과 밤을 동시에 주셨는지. 어느 작가는 자신의 책을 "부디 밤에만 읽으시라" 했다지만 이 책은 반대로 "부디 밤에는 읽지 마시라" 해야 할 것 같습니다. 밤은 행동을 준비하는 이들에겐 너무나 위험한 시간이기 때문입니다.

한 가지 반가운 소식을 전합니다. 《불한당들의 세계사》, 《픽션들》 《알렙》 등 보르헤스 전작 읽기를 시작했습니다. 당신이 그토록 좋아하는 보르헤스에게서 이 책과 연결되는 지점을 만나게 되더군요. "나는 좋은 독자들은 좋은 저자들보다 더욱 더 난삽하고, 독특한 존재들이라고 생각한다. 읽기는 쓰기 후에 일어나는 행위이다. 보다 체념적이고, 보다 문화적이고, 보다 지적인 행위이다."

비워놓은 자리에 곧 주인이 나타날까요? 그랬으면 좋겠습니다.

APPRENTICE
TAHIR SHAH
ISBN 0-14-028571-7
ISOBEL KUHN
Stones of Fire
D.H. LAWRENCE
TWILIGHT IN ITALY
Barbara Taylor Bradford
HINDUSTANI IN THREE MONTHS
HUGO
KOONTZ
DAVID MORRELL
THE WHOLE TRUTH
JANICE KAPLAN
THE HARD WAY
THE NEW YORK TIMES BESTSELLER
LES DÉFERLANTES

ullstein
THE FIRM
JOHN GRISHAM
ARCHER
AYN RAND
SKINNY DIP
Carl
THE GIRL WHO
PLAYED WITH FIRE
EUROPE
세계를 간다
29
'02~'03
최신 개정판

《잘라라, 기도하는 그 손을》에 무수히 많은 밑줄을 그었습니다. 쓴 사람의 치열한 사색의 기록이 책에서 걸어 나와, 읽는 이의 삶에 각별한 무늬를 드리우는 소중한 증거가 될 것입니다. 발터 벤야민의 말이 생각납니다. "밤중에 계속 걸을 때 도움이 되는 것은 다리도 날개도 아닌 친구의 발소리다." 내겐 그 발소리가 당신입니다. 가을이 깊어가고 있습니다. 나는 한참 더 가라앉아야 할 것 같습니다. (2012. 11)

이 책과 함께 읽으면 좋은 책들

"책 권하는 책"

아르헨티나 소설가 보르헤스는 "어딘가에 천국이 있다면 그곳은 도서관 같은 곳일 것이다"라고 말했고, 고대 그리스 테베의 도서관 입구에는'영혼을 치유하는 곳'이라는 글이 새겨져 있었다. 또 미국의 문학비평가 헤럴드 볼룸은 "독서는 우리가 달성할 수 있는 유일한 세속적 초월"이라고 했다. 더 달리 무슨 설명이 필요할까.

《마이클 더다의 고전 읽기의 즐거움》(마이클 더다) : 〈워싱턴 포스트 북 월드〉 편집기자인 마이클 더다는 문학 평론 부분에서 퓰리처상을 받은 독서광이다 이 책은 그가 평생 읽어 온 책 중에서 일반 독자에게 덜 알려져 있으나, 고전으로 전혀 손색이 없는 90여 작품을 골라 해설한 책이다. 늘 곁에 두고 책 읽기의 가이드로 삼기에 손색이 없다.

《비블리오테라피》(조셉 골드) : 이 책은 "문학은 상처입은 사람의 영혼을 치유한다"라는 믿음을 전제로, 독서치료Bibliotherapy라고 불리는 독서를 통해 사람의 마음을 치유하는 방법과 효과를 소개하고 있다. 저자는 독서가 일시적인 유행 따위가 아니라 인간의 생존 전략으로서 이어질 것이라고 주장한다.

《헤르만 헤세의 독서의 기술》(헤르만 헤세) : 헤세의 수많은 에세이 가운데 책과 독서에 관한 것만을 골라 헤세의 '독서가' '책벌레' '애서가'의 면모를 유감없이 보여주는 책이다. 헤세는 단순한 심심풀이나 시간 때우기가 아닌 '질적인 독서'의 중요성을 강조한다.

이 세상
바깥이기만 하다면

《여행의 기술》

알랭 드 보통

청미래

2011(개역판)

피터 드러커, 톰 피터스와 함께 세계 3대 경영 구루로 일컬어지는 오마에 겐이치는 인간을 바꾸는 방법은 오직 세 가지 뿐이라고 했다. '시간을 달리 쓰는 것, 사는 곳을 바꾸는 것, 새로운 사람을 사귀는 것' 이 3가지 방법이 아니면 인간은 바뀌지 않는다고 주장한다. 가만히 생각해 보면 여기에 딱 들어맞는 것이 여행이다. 또 누군가는 여행은 간격의 미학이라고 말했다. 고민이 깊은 만큼 멀리 가야 하고, 필요한 만큼 멀리 가야 한다고 말이다.

제목이나 저자의 이름 때문에 오해를 사는 책이 있다. 청소년 시절에 야릇한 기대를 품고 읽었던 에리히 프롬의 《사랑의 기술》에는 기대했던 '기술'은 끝끝내 나오지 않았다. 19금에 대한 환상을 안고 주위의 눈치를 보며 골랐던 《노출의 모든 것》이 사진 잘 찍는 법을 가르치는 책이라는 걸 알고 당혹스러워하기도 했다. 또 한동안은

《생활의 발견》을 쓴 임어당이 신사임당과 동기동창쯤 되는 줄로 여긴 적도 있었다.

알랭 드 보통의 《여행의 기술》 역시 제목처럼 기막힌 여행비법을 알려줄 것 같지만, 그런 책이 아니다. 그러나 이 책만큼 여행을 추동推動하는 책도 흔치 않다. 이 책은 어디로 떠나면 좋을지 안내하는 여행안내서가 아니라 어떻게 떠나야 하는지에 방점이 찍힌 여행의 본질을 말하는 책이다. 100~200년 먼저 살았던 여행자들의 이야기인데 신기하게도 얕지도 깊지도 않고 지금 우리와 접촉하는 표면적이 넓다. 19세기 시인의 작품과 그에게 영감을 받은 20세기 화가를 떠올리는 식이다. 프랑스 시인 샤를 보들레르와 미국 화가 에드워드 호퍼가 공항·비행기·기차·휴게소에서 서로 어깨를 스치고 지나간 얘기를 듣다보면 오히려 19세기 그들이 지금의 여행자들보다 훨씬 가슴 설레는 여행을 즐겼다는 생각이 든다. 여행에서 일상과 다른 사유와 기분을 건져오고 싶은 독자라면 이 책을 챙겨 떠날 일이다.

> "어디로라도! 어디로라도! 이 세상 바깥이기만 하다면!" (중략) 어쩌면 우리가 슬플 때 우리를 가장 잘 위로해주는 것은 슬픈 책이고, 우리가 끌어안거나 사랑할 사람이 없을 때 차를 몰고 가야 할 곳은 외로운 휴게소인지도 모른다.
>
> 알랭 드 보통, 《여행의 기술》

그러나 여행의 대중화가 이루어질수록 우리는 여행을 통한 설렘

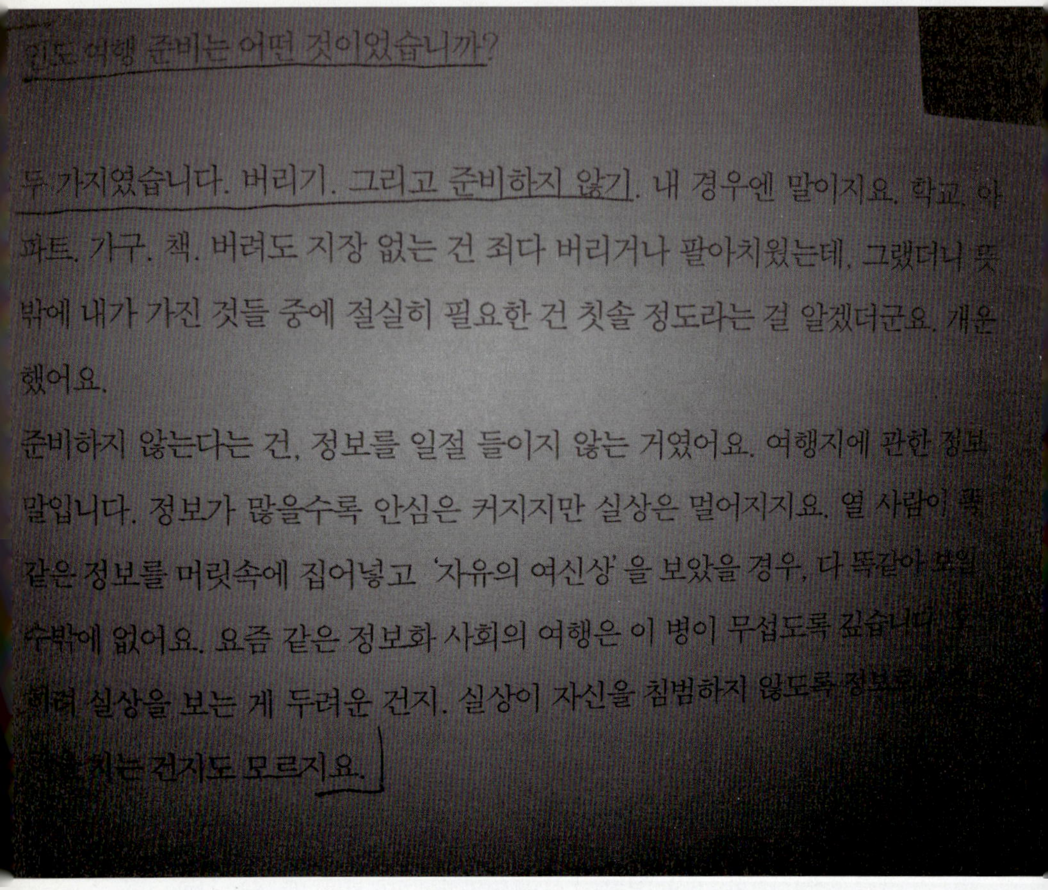

인도 여행 준비는 어떤 것이었습니까?

두 가지였습니다. 버리기. 그리고 준비하지 않기. 내 경우엔 말이지요. 학교, 아파트, 가구, 책. 버려도 지장 없는 건 죄다 버리거나 팔아치웠는데, 그랬더니 뜻밖에 내가 가진 것들 중에 절실히 필요한 건 칫솔 정도라는 걸 알겠더군요. 개운했어요.

준비하지 않는다는 건, 정보를 일절 들이지 않는 거였어요. 여행지에 관한 정보 말입니다. 정보가 많을수록 안심은 커지지만 실상은 멀어지지요. 열 사람이 똑같은 정보를 머릿속에 집어넣고 '자유의 여신상'을 보았을 경우, 다 똑같이 보일 수밖에 없어요. 요즘 같은 정보화 사회의 여행은 이 병이 무섭도록 깊습니다. [illegible] 히려 실상을 보는 게 두려운 건지. 실상이 자신을 침범하지 않도록 정보로 [illegible] 치는 건지도 모르지요.

버리기,
준비하지 않기,
낯설게 돌아오기

과 두려움, 감동이 점차 희박해지는 아이러니에 처하고 급기야 환멸과 권태 앞에 무릎을 꿇게 된다. 넉넉한 비용과 넘쳐나는 시간이 여행을 아주 쉽게 저지르게 만든다. 발터 벤야민이 말하는 '아우라'가 허무하게 사라지게 되는 것이다. 즉, 놀라움을 즐기는 여행자와 달리 놀라움을 싫어하는 관광객이 되는 셈이다. 그래서 보통이 《팡세》를 인용하여 인간의 불행의 유일한 원인은 자신의 방에 고요히 머무는 방법을 모르기 때문이라고 하는 말에 밑줄을 그을 것이다. "여행은 서서 하는 독서, 독서는 앉아서 하는 여행"이라는 것을 경험해 보았거나, 마음 깊숙한 곳에서는 이미 문학과 여행이 동의어로 자리 잡은 사람, 또는 다른 방식의 여행을 이미 충분히 하고 있어서 굳이 여행이 필요 없는 사람이 어쩌면 진짜 여행의 고급 기술을 터득한 사람일지 모른다.

알랭 드 보통의 관심은 언제나 개개인의 일상적인 삶이다. 사랑 이야기도 여행 이야기도 늘 일상에서 출발해서 일상으로 돌아오곤 한다. 누구나 경험하는 일상적 삶, 어찌 보면 뻔하고 진부한 그 생활이 그의 사색의 회로를 통과하고 나면 왠지 낯설고 새롭게 우리 앞에 다가온다. 거기다 수준급의 재치와 유머를 곁들이는 놀라운 재주가 있다. 그게 보통의 매력이다. 보통은 역시 보통이 아니다.

간혹 내게 '여행의 기술'을 묻는 사람들에게 이렇게 대답한다.

1. 모두가 여행자가 될 수는 없다. 그러나 누구나 떠날 수는 있다.
2. 아이템item 말고 아이 엠i am을 찾아라.

3. '사진'을 찍느라 시간을 허비하지 말고 대신 여행지의 '소리'를 담아라. 당신이 찍은 사진보다 천 배는 잘 찍은 사진이 인터넷에 수두룩하다. 그러나 공항에서, 시장에서, 거리에서 채집해 온 소리들은 또다시 당신을 그곳에 데려다준다.

4. 구멍난 양말이나 헤진 속옷을 모았다가 가져가서 하루에 하나씩 입고 버린다. 여행지에서 뭔가를 끌어 모으는 대신 어떤 것을 집어 던지고 올 때의 쾌감, 해 본 사람만 안다.

5. 지금 못 떠나는 이유는 딱 두 가지다. 핑계와 살찐 소파가 그것이다. 다리가 떨릴 때는 늦다. 가슴이 떨릴 때 떠나라.

6. 프랑스 시인 생존 페르스도의 말을 기억하라. "떠나자, 떠나자! 이것이 살아있는 자들의 말이다!" 나머지 기술은 배낭을 꾸리는 순간에 저절로 떠오르게 마련이다.

인천을 종착지로 한 인디아 항공 AI 310편 항공기가 눈부신 야간조명을 받으며 밤 12시에 델리공항을 이륙했다. 델리 시내가 한눈에 들어온다.

안녕 인도! 굿바이 델리!

한 달 동안 야간열차, 밤 버스, 택시, 메트로, 오토 릭샤, 사이클 릭샤, 인력거, 트램 등 온갖 교통수단을 갈아타고 다니느라 고생을 해서인지 비행기가 그렇게 편안할 수가 없다. 오태석 희곡 〈아프리카〉의 지씨 대사가 저절로 떠오른다.

"하이고, 비행기가 이래서 좋은 거로구먼. 어딜 스덜 않고, 마냥

가고, 시악시는 꽃 같고."

홍콩을 거쳤다가 다시 출발한 비행기에서 모처럼 단잠을 잤는가 싶었더니 '꽃 같은 시악시'가 곧 인천공항에 도착한다며 깨운다.

생각해 보면 내가 인도로 걸어간 게 아니라 인도가 내게로 들어왔던 꿈 같은 시간이었다.

이 책과 함께 읽으면 좋은 책들

"보통은 보통이 아니다"

일상적인 주제에 대한 철학적인 접근으로 철학의 대중화를 시도해 일상의 철학자로 불리는 알랭 드 보통은 스물세 살에 쓴 《왜 나는 너를 사랑하는가》가 여러 나라에서 베스트셀러가 되면서 세계적으로 유명해졌다. 그의 책들은 현재 20여 개의 언어로 번역되고 있으며 전 세계적으로 베스트셀러에 올라 있다. 프랑스 문화부장관으로부터 예술가에게 수여하는 최고의 명예인 예술문화훈장을 받았으며, 유럽 전역의 뛰어난 문장가에게 수여되는 샤를르 베이옹 유럽 에세이상을 수상했다. 거기다 보통의 많은 작품이 TV 다큐멘터리나 영화로도 제작되었다. 그의 글은 늘 상당한 수준의 지적 노력을 수반하는 재치와 유머가 번뜩인다. 정말 보통이 아니다.

《공항에서 일주일을》: 런던 히드로 공항 터미널의 소유주로부터 초청을 받은 알랭 드 보통은 일주일간 공항에 상주하며 우리가 볼 수 없었던 공항의 다양하고 매력적인 면면들을 특유의 위트와 통찰력으로 전해준다. 마음이 울

적할 때마다 무작정 공항버스를 잡아타고 공항으로 향하는 족속들에게는 무척이나 반가운 책이다.

《불안》: 불안에 관한 인간의 상념을 고찰한 에세이다. 우리가 일상에서 수시로 마주치는 불안의 원인과 해법을 탐구하고 있는데, 특히 다양한 종류의 불안 중 사회적 지위와 관련된 불안을 집중적으로 파헤치고 있다. 보통은 '내가 나를 어떻게 보느냐'가 아니라, '세상이 나를 어떻게 보느냐'는 세상의 눈으로 본 자신의 가치나 중요성에 의해 불안이 촉발된다고 말한다. 이 책을 읽으면 확실히 덜 불안해진다.

《왜 나는 너를 사랑하는가》: 남녀가 만나 사랑에 빠지는 첫 만남에서부터 이별까지, 사랑을 시작하는 연인들을 위한 24가지의 담론이 펼쳐진다. 연애에 대한 남녀의 심리와 그 메카니즘이 철학적 사유와 함께 흥미진진하게 기술되어 있는 놀라울 정도로 독창적인 사랑 이야기이다. 이를 위하여 보통은 아리스토텔레스와 비트겐슈타인은 물론 마르크스까지 호출한다.

이 책은 기행 서평집이다

인도에서 한 달 쯤 시간이 지나자 입고 갔던 옷들의 단추가 하나 둘씩 떨어져 나가기 시작했다. 돌아갈 때가 된 것이다. 자주 멈추고 자꾸 뒤돌아보긴 했지만 세상 밖으로 나와 사람 속으로 걸어가 새로운 세계와 낯선 일상과 조우했던 시간이었다. 때로는 고독감, 불안감, 또는 권태감으로 표정을 바꾸며 나타나긴 했지만 그건 다른 빛깔의 희열이고 충만함이었다.

후지와라 신야의 말처럼 "세계는 좋았고, 대지와 바람은 거칠었고, 꽃과 나비는 아름다웠다. 여행은 무언의 바이블이었다."

이 책은 마흔아홉 살이 막 시작되던 작년 봄, 인도에서 한 달 간 머물며 읽거나 떠올린 책들에 대한 기억이다. 이 책이 기행 서평집으로 불렸으면 좋겠다. 그러나 내 바람과 상관없이 다른 무엇으로 불린다 해도 어쩔 수 없다. 길 위에서 책과 함께했던 동안은 불행할 틈이 없었으니, 그러면 되었다.

아일랜드 극작가 브래던 비언은 문학적 재능이 모자라 창작을 포기한 사람들이 서평을 쓴다고 했다. "비평가들은 할렘의 환관과 같다. 매일 밤 그곳에 있으면서 그 짓을 지켜본다. 어떻게 해야 하는지는 알고 있지만 그 자신은 그걸 할 수가 없다." 나는 작가가 되어 문학과 '결혼'하는 삶을 살지는 못하지만 책읽기가 춤이 되는 삶, 서평을 쓰며 책과 아름다운 '연애'를 하는 사이가 되고 싶다. 물론 연애가 결혼으로 발전하는 즐거운 상상을 할 때도 있지만.

'떠나는 자'만이 '새로운 곳'에 도달한다. 아폴로 9호의 우주비행사였던 러셀 슈와이카트가 "우주 체험을 한 뒤에 전과 똑같은 인간일 수는 없다"고 말한 것처럼 몸의 근육은 사라졌지만 대신 마음에 근육을 붙여왔다고 믿기로 했다. 지금까지는 살다가 남는 시간에 읽고 썼지만, 지금부터는 읽고 쓰다가 남는 시간에 살 것이다.

2013년 12월 마지막 날 밤, 《섬》을 다시 읽었다.
"내일 아침이면 쉰이 된다. '섬'이 된다는 뜻이다."

쉰이 되었으니 쉰을 살아야겠다.

끌리거나
혹은
떨리거나

1판 1쇄 인쇄 | 2014년 8월 15일
1판 1쇄 발행 | 2014년 8월 20일

지은이 | 박일호
펴낸이 | 김태완

편집 | 맹한승
디자인 | 파피루스

도서출판 현자의 마을
506-357 광주광역시 광산구 박호등임로 494

전화 | 062-959-0981
팩스 | 02-712-0288
등록번호 | 410-82-20233(2012. 12. 17)

잘못된 책은 바꿔 드립니다.
ISBN 979-11-951244-5-9 13810